Dash
Direkt in die Hölle
Alexandra de Leeuw

AF220146

Dash
Direkt in die Hölle

Alexandra de Leeuw

Impressum

Bibliografische Information der Deutschen Nationalbibliothek:
Die Deutsche Nationalbibliothek verzeichnet diese Publikation in der Deutschen Nationalbibliografie; detaillierte bibliografische Daten sind im Internet über http://www.dnb.de abrufbar.

© 2021 Alexandra de Leeuw
https://www.alexdoesbooks.com

Lektorat: Michael Schachner
Korrektorat: Heidi Ruppel
Cover: Alexandra de Leeuw
Vektorgraphik Mann von mohamed Hassan auf Pixabay
Schrift: Palatino Linotype, 9/ 11/ 14
Alle Rechte vorbehalten!

Herstellung und Verlag: BoD – Books on Demand, Norderstedt

ISBN: 9783754374252

Inhalt

Dash

„Sieh an, sieh an, wer mir da ins Netz gegangen ist.", säuselt Urushak und betritt die nach Blut, Kokain und Schweiß stinkende Lagerhalle und mustert mich mit einem falschen Lächeln. Es ist eine astreine Falle gewesen und ich bin drauf reingefallen. Eigentlich hätte ich es besser wissen müssen, schließlich bin ich ein Profi, aber ich wollte endlich diesen Job erledigen.

Also bin ich Urushaks Geschmeiß in ihren dreckigen Fuchsbau gefolgt. Dann ist mir dieser bescheuerte Fehler unterlaufen und ich bin diesem Sohn einer eitrigen Chlamydie direkt in die Arme gerannt. Diffuser Schmerz quält meinen Leib. Sie haben mich in einer gewöhnlichen Dämonenfalle festgesetzt, aufgeknüpft und folterten mich jetzt schon seit mehreren Stunden.

Ich halte viel aus, aber dennoch zehrt die Prozedur an meiner Energie und das könnte lästig werden. So langsam sollte ich zusehen, dass ich von hier verschwinde. Erfolgloser Plan, nach dem derzeitigen Stand. Aber das ist mir gleich. Solang das Pentagramm intakt ist, kann ich meine Kräfte nicht einsetzen, aber ich habe Geduld. Auch wenn ich später sicher mit meiner Magie haushalten muss. Kashkak!

Egal. Wenn ich Urushak heute nicht bekomme, dann eben ein anderes Mal, auch wenn ich so auf die Belohnung, die Luzifer mir für seinen Kopf versprochen hat, noch etwas würde warten müssen. Ich spucke eine blutige Masse auf die Linien des Pentagramms auf dem Boden, dass mich hier festhält und mustere Urushak abfällig.

„Haben deine Männer dir nichts verraten oder stellst du dich absichtlich dumm?", brumme ich abfällig und richte mich etwas auf. Meine Muskeln kreischen.

„Dash, Dash.", kichert Urushak und schüttelt den Kopf. „Ich dachte, du wärst Luzifers bester Mann und jetzt gehst du mir einfach so in die Falle. Das ist wirklich wundervoll.", schwelgt er weiter. Er genießt das so sehr, dass er mich noch nicht hat vernichten lassen. Das wird sich zu einem Problem entwickeln. Weiß er nur noch nicht.

„Pass auf, dass dir keiner abgeht, unwürdiger Wurm, vielleicht habe ich mich absichtlich fangen lassen.", grinse ich selbstsicher und genieße den Anflug von Unsicherheit im Blick meines Gegenübers. Schließlich habe ich meinen Ruf nicht umsonst.

„Ach wirklich du Klugscheißer?", faucht Urushak und gibt seinen Speichelleckern ein Zeichen, die sich mir daraufhin mit glühenden Eisenstangen näherten. „Sieht nicht so aus, als ob dein Plan aufgehen würde." „Das sehen wir noch, du Wichser!", raune ich und fixierte Urushak ungerührt, als mir einer seiner Handlanger das Eisen in den Leib rammt.

Hazel

New York – kaum eine Stadt ist lebendiger, kaum eine Stadt ist lauter, kaum eine Stadt ist teurer und doch liebe ich mein kleines Dachgeschoss- Apartment hier in Greenwich. Es ist bunt, es ist beengt, aber es gehört mir und – es hat einen direkten Zugang zum Dach, wenn man sich traut von meinem Schlafzimmerfenster über die Feuerleiter hinauf zu klettern.

Ich habe mir dort oben ein kleines, dschungelartiges Refugium geschaffen, einen grünen und blühenden Rückzugsort mit zwei Liegen und einem kleinen Tischen. Wenn ich nicht arbeiten muss, ich spiele das Piano in einer burlesken Tittenbar, dann bin ich oben und lese oder versorge meine Pflanzen oder schlürfe Cocktails und höre Musik.

Meistens allein, manchmal mit Mario, meinem schwulen, handwerklich überaus talentierten und lebenslustigen Nachbarn. Seit fünf Jahren lebe ich jetzt hier - allein. Seitdem ich mich damals von Jimmy, dem Arschloch, und meinem falschen Freundeskreis getrennt habe.

Keiner wollte sehen, was hinter seiner charmanten und freundlichen Fassade Wirklichkeit wahr. Ich wusste wie er war, ich wusste, dass er das Trinken niemals aufgeben würde, ich wusste, wie gemein und hinterfotzig er werden konnte – nur ich.

Nicht mal Sandra, meine beste Freundin konnte damals glauben, dass ich Jimmy zwei Wochen vor der Hochzeit einfach verließ und nach New York abgehauen bin. Es war die beste Entscheidung meines Lebens! Hier bin ich: jung, selbstständig, ein bisschen chaotisch, aber glücklich.

Noch etwas verschlafen blinzle ich ins helle Sonnenlicht und schiele auf die Uhr in meinem Wohnraum. Halb drei Nachmittag. Eigentlich viel zu früh für mich. Da ich nachts arbeite, bin ich meistens nicht vor dem späten Nachmittag munter. Meine Finger finden das Kaffeepulver und großzügig fülle ich den Filter damit, bevor ich die Maschine anschalte.

Schon nach ein paar Sekunden künden mir blubbernde und zischende Geräusche gepaart mit Duft von frischem Kaffee, dass mein Leiden bald ein Ende findet. Zufrieden tappe ich Richtung Bad und schalte unterwegs meine Stereoanlage an.

Während ich Grimassen schneidend vor dem Spiegel stehe, lausche ich nebenbei dem Wetterbericht und entschließe mich endlich die vergangene Nacht aus meinem Gesicht zu waschen, springe zu Hotel California unter die Dusche und singe aus Leibeskräften in meine elektrische Zahnbürste zu Kansas.

Kaum habe ich mir ein Kleid übergeworfen, klopft es auch schon an der Wohnungstür. „Guten Morgen, süße Hazel!", flötet Mario durch die Tür und hält eine Schachtel unserer Lieblingsbäckerei an den Türspion. Grinsend öffne ich. „Croissants?" „Croissants.", bestätigt er mir grinsend und überreicht mir die Schachtel.

„Kaffee?" „Unbedingt, Süße. Aber warte, warte, lass dich vorher ansehen." Mario hält mich zurück und mustert mich prüfend. „Ist das das neue Teil von Macys?" „Jap, findest du es nicht etwas zu eng hier, ich finde, das Teil macht mich ziemlich busig." Mario kichert. „Du hast eben deine Reize, also geize nicht damit." Spielerisch knuffe ich ihm die Schulter. „Danke, bei dem was an Dreibeinern da draußen herumrennt, geize ich lieber.", lache ich.

„Aber, aber, Madame! Hm…", dann überlegt er, „Da fehlt noch etwas Glamour, was denkst du? Ich glaube, ich habe in meiner Wohnung eine Kette herumfliegen, die würde perfekt zu deinem Outfit passen. Du machst Frühstück, ich hole die Kette.", sagt er und lässt mich zurück.

Als ich die herrlich duftenden Croissants auf den Tellern drapiere, tänzelt Mario wieder durch mein Wohnzimmer. „Hier, das ist das Teil.", grinst er und hängt mir das Stück um den Hals, bevor er sich an den Tisch setzt und sich seinen Kaffee schnappt. „Sieht alt aus.", murmle ich und bewundere den schweren Anhänger um meinen Hals.

„Es ist antik, Süße, und wertvoll, also verlier das Ding bloß nicht - ist ein Erbstück." „Und du denkst wirklich, dass ich es trotzdem…", setze ich zweifelnd an, aber Mario fällt mir ins Wort. „Hallo? Aber klar! Das rundet dein Outfit perfekt ab, du bist damit eine wahre Fashionista!", grinst er freudig und beißt herzhaft in sein Croissant.

Nach einem letzten prüfenden Blick in den Spiegel, das Schmuckstück passt echt gut zu dem Kleid, setze ich mich zu ihm und tu' es ihm gleich, als plötzlich der Boden anfängt zu beben und nicht nur der. Alles in meiner Wohnung fängt an zu klappern und zu wandern.

„Was ist das? Etwa ein Erdbeben?", rufe ich erschrocken und springe auf, als sich eine Vase gefolgt von einigen CDs vom Regal stürzt. „In New York?!", zetert Mario über den Lärm hinweg, den mein Bücherregal verursacht, weil es krachend umkippt.

„Was denn sonst?", schreie ich hysterisch und rette die Blumenvase. „Shit! Mieser Zeitpunkt! In Deckung!", antwortet Mario ebenso hysterisch. Wieder knallt es, dann rumst es. Mein Deckenfluter kracht klirrend auf den Parkettboden.

Panisch blicke ich nach oben, sehe, wie sich große Risse im Plafond bilden und schaffe es gerade noch zur Seite zu springen, als etwas Großes und Schwarzes durch die Decke bricht, dann wird es schlagartig ruhig und alles, was noch zu hören ist, ist mein schneller Atem.

Mein Blick zuckt nach oben. Da wo bis eben noch die Zimmerdecke war, sehe ich durch ein riesiges Loch den blauen Himmel. Fuck, die Mietkaution werde ich nie wieder zurückbekommen! Vorsichtig spähe ich um die Kochinsel herum auf das Chaos, dass einmal mein Wohnzimmer war. Der Staub legt sich und zwischen Schutt, Erde, Pflanzenüberresten und Betonteilen entdecke ich – einen Mann?

„Mario?", frage ich unsicher, stehe auf und bewege mich vorsichtig auf den leblosen Kerl in dem Schutthaufen zu. „Mario?", wiederhole ich fester, weil ich keine Antwort von meinem Nachbarn bekomme, dafür höre ich ein Stöhnen aus dem Schutthaufen. Oh mein Gott, lebt der Kerl etwa noch! „Hallo? Hallo? Sind sie verletzt? Hallo?", rufe ich und schiebe mich langsam auf den Typen zu, der sich mehr und mehr zu regen beginnt.

„Hallo? Was ist denn passiert? Sie sind durch mein Dach gefallen!", sage ich hilflos, weil ich mir nicht vorstellen kann, wie ein Mensch einfach so durch ein Dach stürzen kann. Der Typ sieht übel zugerichtet aus. Sein Gesicht ist zerschunden und seine Klamotten voller Blut. „Hilf mir!", stöhnt er schwach und meine Augen finden seine.

Blau und klar stechen sie durch den ganzen Schmutz und das Blut. „Wie heißen sie? Was ist denn passiert? Waren sie schon auf dem Dach? Sind sie, sind sie aus einem Hubschrauber gefallen?", frage ich, weil ich mir einfach nicht erklären kann, was da gerade passiert, schnappe mir die Packung Feuchttücher, die auf den Boden gefallen ist und knie mich zu ihm. „Hazel?", stöhnt Mario irgendwo her.

„Mario? Geht's dir gut?", frage ich und zupfe ein Tuch aus der Packung. „Hast du dein Handy? Komm her und hilf mir, hier ist ein Mann, er ist durch die Decke gekracht! Wir müssen einen Arzt rufen.", erkläre ich aufgeregt und beuge mich über den Kerl. „Wie heißen sie?", frage ich erneut. „Hilf mir!", wispert der Kerl wieder schwach und streckt seine blutige Hand nach mir aus.

„Ist ja gut, natürlich helfe ich ihnen.", raune ich sanft, dann überschlagen sich die Ereignisse. Erstaunlich fest packt der Kerl plötzlich mein Handgelenk und presst mir seine freie Hand auf mein Brustbein.

„Scheiße! Nein!", ruft Mario und noch irgendwas, doch das verstehe ich schon nicht mehr, weil es in meinen Ohren lauter und lauter klingelt. Mir wird schlecht. Richtig schlecht. Mir wird heiß, mir wird kalt, alles um mich herum verschwimmt, verschwindet oder löst sich auf, mir ist als würde ich fallen, als würde ich mich auflösen.

Ich fühle Panik, ich fühle – nichts mehr.

Dash

„Stopp! Nein! Dash, warte! Bleib hier!", hallen mir die Worte des Orakels in den Ohren nach, als ich mich auf Kuba wieder materialisiere. Der Heilzauber der Hexe, die ohnmächtig an meiner Brust liegt, hat gewirkt, dennoch wird es nicht genügen, um uns bis in mein Versteck nach Deutschland zu teleportieren. Urushaks Abschaum hat gute Arbeit geleistet an mir, auch wenn sie keine Informationen bekommen haben.

Meine Flucht verdanke ich einem kuriosen Moment der Unachtsamkeit und einer Bananenschale, die irgendeiner von Urushaks Leuten achtlos auf den Boden geworfen hat. Dem ungelenken Moment meines Folterknechts folgte der Verlust der Eisenstange in seinen Händen durch meine Beine. Sobald ich das Eisen durch eine der Linien des Pentagramms getrieben hatte, konnte ich meine Kraftreserven aktivieren und war frei.

Ich lege meine Hand auf das Amulett, doch der Magiespeicher darin ist verbraucht. Achtlos reiße ich ihr das wertlose Ding vom Hals und löse es in Rauch auf, bevor ich meine Handfläche direkt auf ihre weiche Haut presse. Doch auch die Hexe ist leer. Keine Magie. Bei Abarthes Arsch, konnte es wahr sein? „Hexe.", brumme ich und schüttle sie leicht.

Leblos fällt ihr Kopf zur Seite. Sie ist jung, ich meine wirklich jung, nicht so eine aufgesetzte Verjüngungsmaske, die Hexen tragen um aller Welt ihre ewige Schönheit und Jungend vorzugaukeln. Ich rate jedem davon ab, hinter diese Fassade zu blicken. Das verschrumpelte und zerknitterte Weib das sich wirklich dahinter verbirgt, lässt einem alles vergehen.

Aber diese hier scheint so alt zu sein, wie sie ist und eine richtige Schönheit. Es wird Spaß machen, mich von ihr zu nähren. Offenbar ist sie eine der schwächeren Schwestern, wenn nicht sogar noch eine Adeptin, und hat nicht mehr genug Magie zur Verfügung, nachdem sie meine Wunden geheilt hat.

Ich unterdrücke ein Fluchen, weil sie Zeit braucht um zu generieren. Zeit ist rar. Mit einem Ruck spanne ich meine Schwingen und hebe die Hexe auf meine Arme. Dann eben der langsamere Weg, aber auch der wird mich ans Ziel bringen.

Der Wind trägt uns hinauf. Über die Wolken, über die Welt. Ich ziehe das Tempo an. Ich bin Urushak und seiner Bande von dämonischem Abschaum nur knapp entkommen und ich darf jetzt keinesfalls riskieren, dass sie mich aufspüren. Seine Zeit wird kommen. Er ist nicht der erste Dämon, den ich zurück in die Hölle verfrachte und auch nicht der letzte.

Schneller als der Schall, tragen meine Schwingen mich und die Hexe, die ich fest an meine Brust presse und wärme, über den Ozean, über Länder, über Berge bis ich die Baumwipfel des Schwarzwalds erkenne und das Portal zu meinem Versteck.

Hazel

Kälte, Wind, ich sehe den Ozean von weit oben. Empfindungen und Bilder zucken durch meine Gedanken. Ich fliege. Ich träume. Ich schließe die Augen.

Und ich öffne sie und starre an eine dunkle Zimmerdecke. Das ist nicht mein Schlafzimmer. Mein Herzschlag beschleunigt sich und ich setze mich ruckartig auf. Ich trage noch dasselbe Kleid, wie vorhin, doch das Amulett ist verschwunden.

Wo bin ich? Panisch sehe ich mich in dem kleinen Raum um. Durch ein vergittertes Fenster oben in der Wand, fällt spärliches Licht herein. Die Wände sind mit seltsamen, aufwendigen Symbolen verziert und das Feldbett auf dem ich liege, scheint, neben einem Tisch und einem Stuhl, das einzige Möbelstück in dem kargen Zimmer zu sein.

Panisch springe ich auf und gehe auf die Brandschutztür zu, die der einzige Zugang zu dieser Kammer ist. Sie ist abgesperrt. Scheiße! „Hallo?", rufe ich und rüttle an der Schnalle. Was ist nur passiert? Wo bin ich hier? „Hallo?", verzweifelt klopfe ich mit der Faust auf das Metall.

Eben war ich doch noch in New York und wollte mit Mario frühstücken, dann ist dieser Typ durch meine Decke gekracht und dann? „Hallo? Hilfe!", rufe ich energisch, weil ich mich nicht erinnere, was dann geschehen ist. Weil ich nur noch weiß, wie mich dieser Kerl am Handgelenk gepackt hat und mir schlecht wurde.

Hat der Typ mich etwa entführt? So verletzt wie er war? Das macht doch alles keinen Sinn! „Hallo? Hilfe! Ist da jemand?! Hallo?", schreie ich so laut ich kann. Und wenn ich doch entführt wurde? Dann sollte ich vielleicht lieber nicht schreien? „Hallo?", schlage ich ein letztes Mal auf das Metall. Haben sie den Typen auch entführt? Was wollen sie von mir?

Nichts rührt sich. Mutlos lasse ich meine Schultern sinken und drehe mich wieder zu der Pritsche. „Wurde aber auch Zeit, dass du aufwachst.", höre ich plötzlich eine tiefe Männerstimme sagen. Erschrocken fahre ich herum und starre in stechend blauen Augen.

„Wie – wie sind sie hier reingekommen?", ungläubig starre ich von dem Kerl zu der geschlossenen Metalltür und wieder zurück. Wie ist er hier reingekommen? „Sie – sie sind durch meine Zimmerdecke gefallen.", stottere ich entgeistert und starre den großen Kerl mit den breiten Schultern an, der längst nicht mehr so zerstört aussieht, wie eben auf dem Boden meines Wohnzimmers. Ist er es überhaupt? Diese Augen! Wie lange war ich weg?

„Jap.", antwortet er knapp. „Sie waren schwerverletzt!", keuche ich, weil außer ein paar Schrammen und einer feinen Narbe, die sich der Länge nach über seine rechte Gesichtshälfte zieht, kaum noch etwas zu sehen ist. „Jap.", bestätigt er wieder und macht dabei einen entschlossenen Schritt auf mich zu.

Erschrocken weiche ich zurück, weil meine Eingeweide sich ängstlich kollektiv zusammenziehen. Der Kerl ist mir unheimlich und mit Sicherheit gefährlich. „Wie, wie…lange war ich weg?" „Sechs Stunden. Ist die Fragerunde dann jetzt vorbei? Können wir endlich zur Sache kommen?", fragt er gefährlich lässig und macht einen weiteren Schritt in meine Richtung.

Sechs Stunden! Wie konnten die Verletzungen so schnell abgeheilt sein? „Zur Sache?", wiederhole ich kieksend. Was ist die Sache? Seine blauen Augen mustern mich auffordernd und mein Innerstes bebt ängstlich auf. „Ja. Man hat dir doch sicher beigebracht, wie du dich zu verhalten hast, also los: tanz für mich!", sagt er locker.

Tanzen? Verhalten? Wobei? Ich zittere wie Espenlaub. „Was?", hauche ich erschüttert und schreie auf, als er mich einen weiteren Schritt zurückdrängt und seine Hand wieder gegen mein Brustbein presst. Damit hat es angefangen, deswegen wurde mir so schlecht. Irgendwas macht dieser Kerl durch seine Handauflegerei.

„Das will ich nicht! Lass mich los!", rufe ich hysterisch und versuche seine Hand wegzuschlagen. „Ganz ruhig. Tut auch nicht weh.", brummt er arrogant und presst mich fester an das kühle Gemäuer in meinem Rücken. „Lass mich los, du Bastard!", keuche ich, doch das scheint ihm völlig gleich und plötzlich werde ich stillgehalten.

Ich weiß nicht von wem oder von was, aber ich höre auf mich zu wehren, stelle ich panisch fest. „Ist das dein erstes Mal?", fragt er ruhig und sieht aus, als würde er in meinen Körper horchen. Mein Herz rast. Wo bin ich hier nur reingeraten? Wer ist der Kerl? Wo bin ich hier und was sollen diese seltsamen Symbole hier überall an den Wänden?

„Was tust du da?", schluchze ich hilflos. Er wird mich vergewaltigen! Er hat mich entführt und jetzt will er mich vergewaltigen! Vielleicht ist er Menschenhändler und er verkauft mich an irgendeinen Rotlichtboss oder er bringt mich einfach um und zerstückelt mich.

„Hm. Du brauchst lange zum Generieren. Du bist noch nicht lange beim Zirkel oder?", fragt er und wieder weiß ich nicht, was er meint. „Du verwechselst mich! Ich hab keine Ahnung, wie ich mich verhalten soll oder wer dieser Zirkel ist…"

„Keine Angst. Ich werde dir nicht wehtun. Es ist nicht wie in den Schauermärchen, die ihr euch auf dem Internat erzählt.", raunt er einfühlsam. „Schauermärchen? Internat?" Er sieht mich an, als müsste ich ganz genau wissen, wovon er redet.

„Ich habe keine Ahnung worum es hier geht. Du hast die Falsche entführt!", sage ich zittrig, dann fällt mir ein, dass das nicht so optimal war, da er, wenn er mir glaubt, keinen Grund mehr hat mich am Leben zu lassen, denn er sieht nicht so aus, als würde er mich einfach zurückbringen.

Nein, er sieht gefährlich aus. Seine ganze Gestalt schreit Badguy. Seine breiten Schultern, sein ausgeprägter Nacken und die Brust, die sich unter dem engen weißen Shirt spannen, sind nicht nur Luft, das sind echte Muskeln. Wäre er kein gefährlicher Entführer könnte er glatt als Unterwä-schemodel durchgehen, mit seinem stechenden Blick und den nachtschwarzen Haaren.

„Ich habe dich nicht entführt, ich habe dich mit mir ge-nommen.", schnaubt er arrogant, aber geht endlich auf Ab-stand. „Ich gebe dir noch zwei Stunden. Bereite dich vor.", sagt er dann und geht durch die Tür, er geht einfach durch die geschlossene Tür. Ist das gerade wirklich passiert?

Ich stürze ihm hinterher, klopfe das ganze Ding ab, rüttle panisch an der Schnalle. Nichts! Wohin, zur Hölle, ist er verschwunden. Tränen laufen mir über die heißen Wan-gen. Auf was soll ich mich vorbereiten? Was ist hier los?

Dash

Dass die kleine Hexe noch immer keine Magie für mich hat ist ärgerlich. Aber da sie jung ist und allem Anschein nach noch nie einen Dämon genährt hat, soll sie sich zuerst entspannen und an den Gedanken gewöhnen und das wird sie, schließlich bin ich ein echter Geheimtipp bei der Schwesternschaft.

Schmunzelnd schnappe ich mein Handy und gehe die Nachrichten durch. Da ich keinen Freundeskreis besitze, sondern hauptsächlich Informanten oder Feinde geht das recht schnell. Ich erfahre, dass Urushak meine Spur verloren hat. Das war klar. Das ist der Dash - Effekt, wie ich es nenne.

Es war dumm mich nicht sofort zu erledigen. Informationen haben sie von mir keine bekommen und mit Urushaks Schönheitsschlaf ist es auch wieder Essig, denn er weiß, dass ich ihn kriegen werde. Er kann sich nicht ewig verstecken. Er wird sich verraten. Er oder einer seiner arschkriecherischen Follower. Wird ein Fest.

Luzifer wird stolz auf mich sein und mir die langersehnte Belohnung aushändigen. Die Seele meines einzigen Sohnes, damit ich sie persönlich in den Himmel bringen kann. Die Wetten, dass Azrael die Seele annehmen wird, stehen übrigens ganz gut.

Der Junge konnte schließlich nichts für seine verkommenen Eltern und dass er nur deswegen in der Hölle gelandet ist, weil er ein Nephelin ist und damit seine Seele automatisch der Hölle gehört, ist einfach unfair. Er hat sich nie etwas zu Schulden kommen lassen und als ich davon erfahren habe, wusste ich, was meine Belohnung für Urushak sein soll, denn auch wenn ich ein Dämon bin, weiß ich manchmal noch, was richtig und was falsch ist.

Ich steige aus der Dusche und mustere mich im Spiegel. Die Wunden, die das Eisen in meinen Leib gebrannt hat, haben sich geschlossen und sind verschwunden, äußerlich bin ich zumindest wiederhergestellt, aber mir fehlt immer noch eine Menge Energie. Energie, die ich mir bald holen werde.

Ich schnippe mir frische Klamotten an und kämme mir mit den Fingern durchs Haar. Ich kann nur hoffen, dass sich die kleine Hexe regeneriert hat, wenn ich gleich zu ihr gehe, denn ich habe keine Lust hier mehrere Tage festzusitzen.

Sie hatte vorhin panische Angst. Gut. Das kann schon mal passieren, wenn man vielleicht zum ersten Mal einem Dämon gegenübersteht, aber ich verstehe nicht, warum sie sich nicht gefangen hat. Stirnrunzelnd überlege ich.

Möglicherweise ist sie von Urushak gekauft, das würde ihr Verhalten erklären. Weil sie jetzt Schiss hat, dass ich dahinterkomme. Wollte mich das Orakel etwa warnen? Steckt der auch mit drin? Das Problem ist, dass du als Kopfgeldjäger des Teufels niemandem trauen kannst. Niemandem.

Hier allerdings gibt es kein Problem. Selbst wenn Urushak sie gekauft hat: Hexe bleibt Hexe. Sie wird ihre Pflicht erfüllen und schließlich ist mein Charm unwiderstehlich.

Hazel

Völlig fertig sitze ich mit angezogenen Beinen in der Ecke neben der Pritsche. Ich kann mir noch immer nicht erklären in was für eine Situation ich da hineingeraten bin und warum ich hier in einem kleinen Raum voller seltsamer Symbole an den Wänden eingesperrt bin.

Wahrscheinlich findet der Kerl sie einfach nur cool. Manche davon erinnern mich an so Zeug, das ich schon mal in so Wicca- und Selbstfindungsläden gesehen habe. Sollen sicher seinen düsteren New Age – Charakter unterstreichen. Mir macht er auch so schon genug Angst.

Meine Augen brennen, aber es kommen schon eine Weile keine Tränen mehr und ich habe mich für den Moment mit meiner Situation abgefunden. Was habe ich auch für eine Wahl. Die Tür ist nach wie vor verschlossen und der Kerl noch nicht wieder aufgetaucht.

„Hast du dich beruhigt?" Bis jetzt. Erschrocken blicke ich auf. Seine Augen scannen den Raum ab und bleiben an mir hängen. Wieder habe ich weder das Schloss der Tür knacken hören noch das sie aufschwingt und trotzdem steht dieser Typ plötzlich mitten in dem kleinen Raum.

Ein unangenehmer Schauer jagt durch meinen Körper, als ich langsam aufstehe. „Ist dir bei der ganzen Schreierei die Stimme abhandengekommen, kleine Hexe?", raunt er und grinst mich wölfisch an.

Er hat sich geduscht und umgezogen, denn sein Haar glänzt feucht und die Klamotten sind frisch. Dieser Kerl füllt den Raum mit Gefahr und – sich. Ich balle meine Hände zu Fäusten und kratze all meine Aussichtslosigkeit zusammen.

„Wo sind wir hier? Sind wir…" „Noch in New York? Nein. Wir sind in meinem Versteck im Schwarzwald." „Schwarzwald." „Deutschland." Ungläubig starre ich ihn an. Der lügt doch! Wie kann das sein? Reichen dazu sechs Stunden?

„Was hast du mit mir vor? Was soll ich hier?", frage ich zaghaft, weil - scheiße ja – ich fürchte die Antwort. Er zuckt die Achseln. Sogar das tut er arrogant. „Mich amüsieren.", antwortet er locker und seine Augen funkeln gierig auf.

„Also bin ich jetzt dein persönlicher Hofnarr?", murmle ich, weil ich zu dem Schluss gekommen bin, dass er mich sowieso umbringen wird, also kann ich auch sagen, was ich denke. Der Kerl legt den Kopf schief, als ob er das tatsächlich in Betracht ziehen würde.

„Das verstehe ich nicht unter Amüsement und da bin ich nicht der einzige. Was denkst du, warum so viele dieses Berufsstands starben?", erklärt er sachlich und kommt langsam auf mich zu. Ich runzle die Stirn, weil mir das egal ist und das auch nicht der Punkt ist.

„Bitte, ich muss zurück nach New York! Du hast kein Recht dazu, mich hier festzuhalten. Wenn du mich jetzt gehen lässt, dann werde ich auch nicht die Polizei informieren.", sage ich fest. Der Typ mustert mich – belustigt, weil ihm natürlich genauso wie mir klar ist, dass ich hier unten keine Chance haben werde die Hüter des Gesetzes wirklich zu rufen.

„Ich brauche Magie. Was ist damit?", brummt er. Irritiert blicke ich ihn an. Ist das sein Ernst? „Ist das ein Synonym für Drogen?", frage ich zögernd. „Du überstrapazierst meine Geduld.", knurrt er leise. „Ich habe keine Magie!", sage ich schnell und presse mich dichter an die Wand. „Du weißt, ich kann auch anders!", raunt er drohend.

So, als würde er gar nicht ernst nehmen was ich da von mir gebe, dreht er sich um und will scheinbar gehen. „Halt! Warte!", sage ich, weil er mir zwar Angst macht, aber er scheinbar der einzige ist, der außer mir hier ist. Tatsächlich bleibt er stehen und dreht sich erneut zu mir um. „Wirst du mich umbringen?" „Nein.", antwortet er knapp. „Und wie – ich meine - was würde dich dann amüsieren? Was soll ich tun?", frage ich nervös.

„Das wozu Hexen immer gut waren: Mir Lust und Magie schenken." Hab ich ihn gerade richtig verstanden? Dieser seltsame und unheimliche Kerl hält mich nicht nur für eine Hexe, sondern auch für eine Prostituierte? Der ist doch völlig irre. Eine Hexe! „Ich bin keine Hexe und ganz sicher werde ich nicht mit dir schlafen.", schimpfe ich erschüttert. „Das werden wir sehen.", nickt er überzeugt. „Du bist doch völlig durchgeknallt!", rufe ich Haare raufend. „Du hast zwei Tage, um dich an den Gedanken zu gewöhnen.", erklärt er ruhig. Dann ist er weg.

Er löst sich einfach so in Luft auf und mir wird furchtbar schlecht. Wie kann sich ein Mensch einfach so in Luft auflösen! Unsicher strecke ich meine Hände aus und fühle – Luft. Ist er etwa ein Geist? Verliere ich den Verstand? Wie kann das sein!

Dash

Bockige kleine Hexe.

Sie gefällt mir. Eigentlich widerstrebt es mir ihr mehr Zeit einzuräumen, schließlich habe ich keine Zeit für diese Allüren und ich könnte mir einfach nehmen was ich brauche, aber zwei Tage im Hexenkerker ohne Wasser und Nahrung werden sie ihre Einstellung sicher auch überdenken lassen. Da bin ich mir sicher, denn ihre Magie fließt nur, solange ich anwesend bin. Sicher wird sie bald dahinterkommen, dass sie sich nicht befreien kann.

Mein Handy klingelt. Ich ziehe es aus meiner Hosentasche und schaue aufs Display. Verwundert hebe ich ab. „Orakel? Woher hast du diese Nummer?" „Dash?" „Warum rufst du mich an?" „Die Frau, die du mit Dir genommen hast, sie ist nicht die Hexe.", platzt es aufgeregt aus ihm heraus. „Aber sie hatte das Amulett, Mario. Ihre Magie hat mich geheilt.", brumme ich skeptisch und runzle die Stirn.

Also kann ich wohl davon ausgehen, dass das Orakel nicht von Urushak gekauft wurde. „Das war nur die Kraft aus dem Amulett. Mehr Magie hat Hazel nicht, glaube mir, Dash, sie ist nur ein Mensch, sie ist nur meine Nachbarin." Meine Brauen schießen in die Höhe.

Ein Mensch? Das würde jedenfalls ihre Panik erklären und auch den Rest ihres merkwürdigen Verhaltens. „Aber die Hexe...", will ich nachhaken. „Wohnt weiter unten im Haus." Fuck. „Wie konnte das passieren?!", knurre ich ungeduldig. „Es war mein Fehler. Es passte so gut zu ihrem Kleid." „Was?!", fauche ich.

„Na das Amulett. Hallo? Wer hätte denn damit rechnen können, dass du ausgerechnet in New York einen Zwischenstopp einlegst?" „Du bist ein verschissenes Orakel, Mario! Du solltest das wissen!", donnere ich vorwurfsvoll.

Nur ein einfacher Mensch. „Beim großen Cthulhu, du hast ja eine Laune. Willst du etwa behaupten, dass ich keinen guten Job mache?", faucht das Orakel. „Ja, verdammt! Das will ich!" „Ok, ok. Es tut mir ja auch leid. Jetzt ist es auch nicht mehr zu ändern. Jedenfalls musst du sie zurückbringen."

„Wen?" „Hazel!" „Wer ist Hazel?" „Na, die Hexe. Sie heißt Hazel Olivia Carter." „Du sagtest, sie ist keine Hexe." „Dash!" „Mario, wie stellst du dir das vor? Ich bin Kopfgeldjäger und nicht das Himmelschor!" „Sie hat keine Ahnung, dass es sowas wie Dämonen überhaupt gibt." „Das wird sich ändern.", ranze ich. Wahrscheinlich habe ich bereits ihren menschlichen Horizont erschüttert. „Aber sie ist ein Mensch!"

„Auch Menschen können mich nähren...", knurre ich. „Aber, Dash!" „Nein! Sie ist jetzt in Gefahr. Sie bleibt bei mir. Ich muss erst diesen Job erledigen.", zische ich entschieden. „Aber..." Ich lege auf. Das Gejammer eines Orakels muss ich mir nicht anhören.

Die kleine Hexe hat also nicht gelogen, sie ist nur ein Mensch und damit sicherlich auch nicht von Urushak gekauft. Ihr Weltbild unschuldig und frei von allem Übernatürlichen. Sie wird nicht viel Zeit haben, sich daran zu gewöhnen und das nicht nur, weil ich langsam Hunger habe.

Ich seufze und lasse mein Handy in die Hosentasche gleiten. Nur ein Mensch also, dann kann ich sie kaum zwei Tage darben lassen, zumindest füttern sollte ich sie und ihr wohl wirklich etwas mehr Zeit geben. Ich bin vielleicht ein Dämon, aber ich bin kein Tier.

Hazel

Verheult und panisch liege ich zusammengerollt auf der Pritsche in meiner Zelle. Zwei Tage. Er gibt mir zwei Tage, um mich an den Gedanken zu gewöhnen ihm Lust zu schenken. Das ist doch vollkommen verrückt. Ganz offensichtlich leidet der Kerl an massiven Wahnvorstellungen. Hält sich für einen Zauberer oder Magier oder…was weiß ich!

Ich weiß nicht, wieviel Zeit vergangen ist seitdem wir New York verlassen haben, es kommt mir wie eine Ewigkeit vor. Irgendwann muss er mir etwas zu Essen gebracht haben und frische Klamotten. Eine gewöhnliche Jeans und ein Hoodie, aber immerhin wärmer als das Sommerkleidchen, das ich am Leib habe.

Das Essen ist ausgefallen. Steak mit Kartoffeln, Eggrolls mit Hummerschwänzen, nichts was man sich eben mal in einem Snackshop an der Ecke holt, sondern eher in einem Sternerestaurant zu sich nimmt. Den Wein habe ich nicht angerührt, aber das Wasser, denn ich habe Durst. Vergiftet ist das Zeug jedenfalls nicht gewesen.

Außerdem habe ich in meinem Luxuskeller eine Gefängnistoilette entdeckt, die ich, angespannt und ohne dabei die Tür aus den Augen zu lassen, benutzen musste. Immerhin will er mich nicht umbringen, nur hier einsperren und zum Sex zwingen – yeahy, denke ich zynisch.

Zum ersten Mal seitdem ich hier eingesperrt bin, höre ich das Schloss der Brandschutztüre knacken und wie sie mit einem leisen Quietschen aufschwingt. Gemächlich schlendert mein verstörend gutaussehender Entführer in das kleine Gefängnis. Ängstlich setze ich mich auf und begegne seinen stechenden Augen.

Habe ich mir etwa nur eingebildet, dass er das letzte Mal einfach so verschwunden ist? Ich weiß es nicht, ich weiß es einfach nicht. „Ich habe dich geängstigt, das lag nicht in meiner Absicht.", brummt er und ich kann einfach nicht glauben, was er da sagt. „Dann – dann lässt du mich frei? Ich kann gehen?", frage ich hoffnungsvoll und springe auf. „Nein.", stellt er fest.

„Aber - was soll ich hier?" „Darüber haben wir schon gesprochen." „Ich habe aber keine Magie und ich werde sicher nicht mit dir schlafen.", zische ich und reibe mir die Schläfen. Aussichtslos, so aussichtslos! „Doch, natürlich.", nickt er aufmunternd. Seit Jimmy habe ich keinen Mann mehr an mich herangelassen und ich habe nicht vor, dass jetzt zu ändern.

Schon gar nicht für einen offensichtlich irren und gefährlichen Mann wie den, der vor mir steht. Selbst wenn er aussieht wie ein Sexgott. Ich muss den Kerl doch irgendwie überzeugen können, mich gehen zu lassen. „Hör' mir zu. Du hast mich entführt, wenn du mich jetzt noch vergewaltigst – es gibt Menschen, die nach mir suchen.", sage ich so ruhig wie möglich, auch wenn mich vermutlich keiner vermisst.

Egal, vielleicht schüchtert ihn das ein. „Sie werden dich hier nicht finden. Niemand wird dich finden, so lange du in meiner Nähe bist.", erklärt er ruhig und kommt mir dabei langsam näher. Nein, meine Worte schüchtern diesen Irren nicht ein, es ist ihm völlig gleich.

„Bleib wo du bist, sonst schreie ich!", warne ich ihn, doch er stört sich nicht daran. Selbstsicher überwindet er auch das letzte Stück zwischen uns. „Du hattest zwei Tage Zeit, um dich an den Gedanken bei mir zu liegen, zu gewöhnen, kleine Hexe." „Dazu reichen mir auch zwei Jahre nicht! Und ich bin keine Hexe! Nur weil ich rotes Haar und grüne Augen habe, gibt ihnen das noch lange nicht das recht so rückständig über mich zu urteilen!", fauche ich.

Begleitet von einem leisen, dunklen Lachen schnappt er sich eine meiner Haarsträhnen, wickelt sie um seine Hand und zieht leicht daran. „Du hast Feuer, das mag ich.", gurrt er. „Wie heißt du?" Unwillig greife ich nach seiner Hand, um sie von meinen Haaren zu lösen. „Das werde ich dir ganz sicher nicht sagen.", zische ich ungeduldig, weil ich seine Finger nicht aufbekomme.

Stattdessen greift er mein Handgelenk und zieht mich mit einem Ruck an sich und nimmt mich zwischen seinen Armen gefangen. Kraft, Muskeln und ein herber, männlicher Duft hüllen mich ein und benebeln mich. Hätte er mich nicht einfach entführt oder wäre er kein Verbrecher, könnte ich ihn glatt attraktiv finden. Meine Güte! Sowas darf ich gar nicht denken!

„Gut, wie du willst - Hazel Olivia Carter.", brummt er. Erschrocken spanne ich mich an. „Woher weißt du meinen Namen?" „Du kannst Dash zu mir sagen, kleine Hazel.", schnurrt er und ignoriert mein Gezappel völlig. Dash? So wie das Waschmittel? Was ist das denn für ein Name? „Und wenn ich dich überhebliches Arschloch nennen will?", frage ich biestig.

„Dann wärst du nicht die erste, die das tut.", lacht er und hebt mich auf seine Arme. „Hey! Lass mich runter!", schreie ich und winde mich erfolglos, da er mich einfach fester an sich zieht. Dann verschwimmt die Welt um mich wieder, wird grau, wirbelt, ich wirble, ich löse mich auf.

Dash

Die kurzen Distanzen im Haus überwinde ich mittlerweile wieder mit Teleportation. Ich habe die letzten zwei Tage genutzt um zu generieren, aber so langsam kann ich meinen Hunger nicht mehr ignorieren. Beschützend ziehe ich Hazel dichter an mich, bevor wir uns einen Augenblick später in meinem Schlafzimmer wieder materialisieren.

Nackt und auf meinem Bett selbstverständlich. Grinsend lasse ich meinen Blick über ihren straffen, schönen Körper gleiten. Ihr ist schwindlig, die natürliche Reaktion von Menschen auf diese Art von Magie und sie stöhnt an meiner Brust.

Langsam versteht sie was geschehen sein muss. „Wo sind wir jetzt wieder? Warum bin ich nackt?", schreit sie alarmiert. „Ruhig, kleine Hexe.", brumme ich, als sie sich erschrocken von mir wegdrückt und mit einem Ruck das Laken um sich zieht. „Wie? Wie machst du das? Das ist nicht echt, das ist nicht echt..." Panik flutet ihren Körper, erobert ihre moosgrünen Augen.

„Bist du wahnsinnig? Das kannst du doch nicht machen!", zischt sie dann. Sie will aufstehen, doch das lasse ich nicht zu. Ein Wink meiner Finger zwingt ihren Körper auf den Rücken. „Was? Was soll das?", schimpft sie hysterisch und quiekt, als ein weiterer Fingerzeig ihr das Laken vom Leib zieht. „Ruhig, kleine Hexe. Ich will dich nur ansehen.", beruhige ich sie, weil ihr menschliches Herz so schnell rast, dass sie das Bewusstsein verlieren könnte.

Tränen laufen ihre Wangen hinunter, ihre vollen Lippen beben. „Das will ich nicht! Bitte.", wimmert sie und versucht ihre Hände von der Matratze zu lösen. „Warum nicht? So wie ich das sehe, bist du eine Schönheit. Deine Haut ist makellos und deine Figur perfekt.", raune ich, während mein Blick sie streichelt. Ich lüge nicht, für einen Menschen ist sie wirklich außergewöhnlich.

Lange Beine, einladende Hüften, schmale Taille, runde, volle Brüste mit kleinen, verheißungsvollen dunklen Nippeln. Ich werde sie nehmen, das bin ich allein schon meinem Schwanz schuldig. „Du hast doch schon mit einem Mann geschlafen, oder?" „Was geht dich das an?", schluchzt sie. „Antworte, Hazel.", verlange ich rau.

„Ja.", schnappt sie und ich nicke zufrieden. Also ist sie nicht unerfahren, immerhin etwas. Andrerseits hätte ich mit einer Jungfrau kurzen Prozess machen können. Kehle aufschlitzen, Blut trinken, hallo Energie. Aber wo bleibt der Reiz? Sex ist doch so viel schöner. „Bitte – bitte nicht!", fleht sie leise und ein ängstliches Beben geht durch ihren Körper, als ich meine Finger an ihren Arm lege und sie tröstend streichle.

„Wovor hast du solche Angst, Hazel?", frage ich leise. Ihre Augen weiten sich ungläubig. „Vor dir!" „Warum?" „Weil, weil du nicht normal bist.", keucht sie. Das bringt mich zum Grinsen. „Und was macht dich so sicher, dass dir das Angst machen muss?", hake ich nach.

„Du bist durch mein Dach gefallen! Einfach so, aus dem Nichts! Ich denke du bist tot, dann entführst du mich und plötzlich sind wir nicht mehr in New York, sondern hier. Wo auch immer hier ist…", zweifelt sie, aber darüber zu reden, scheint ihr zu helfen. Mein letzter Kontakt dieser Art mit einem so panischen Menschen liegt mehr als 900 Jahre zurück und scheinbar bin ich noch etwas eingerostet.

„Essen und Klamotten erscheinen einfach, sie erscheinen einfach, so wie du. Vom einen auf den anderen Moment bin ich hier in deinem Schlafzimmer - nackt. Das ist verrückt! Das ist nicht normal und deswegen macht es mir Angst.", beendet sie ihre kleine Ansprache, bei der sie völlig vergessen hat, dass ich noch immer ihren Arm streichle.

„Du hast mich gerettet Hazel.", brumme ich. „Hätte ich gewusst, was auf mich zukommt, wäre ich lieber davongelaufen.", zischt sie. Sie hat was – ganz ehrlich. Sanft hebe ich ihre Hand von der Matratze und küsse ich ihre zarten

Finger. „Dann findest du mich abstoßend.", stelle ich grinsend fest.

„Was? Nein! Was hat denn das eine mit dem anderen zu tun?", schnaubt sie und die Muskeln ihrer Hand spannen sich an, doch sie schafft es nicht meinen Bann zu brechen. „Ich schlafe einfach nicht nach zwei Tagen mit Typen, die mir Angst machen.", stellt sie fest und dabei kräuseln sich ihre Lippen – süßer als Kalis Zehen, wenn sie kommt.

„Du wirst dich an mich gewöhnen, Hazel.", murmle ich und streife sacht mit meinen Lippen über ihre Armbeuge, was ihre Lider kurz zum Flattern bringt. „Sicher nicht! Lass mich endlich los und fass' mich nicht an.", faucht sie. „Nein.", antworte ich ihr schlicht und rücke näher an sie heran.

Sie wird mich nähren, sie muss. Sonst habe ich nichts zur Verfügung und ich darf mich hier momentan ebenfalls nicht wegbewegen. „Bitte, D- Dash. N-Nicht.", kehrt sofort wieder Furcht in ihre Stimme zurück. „Schließ' die Augen, kleine Hexe. Genieße es.", raune ich schmeichelnd in ihr Ohr. „Gut.", sagt sie plötzlich entschlossen.

„Dann tu' es wenigstens schnell.", presst sie hervor und ihr Kiefer spannt sich entschlossen an. „Alles, was du willst.", grinse ich und lege ohne Umschweife meine Hand auf ihren Venushügel. Mein Schwanz zuckt freudig auf, weil es endlich losgeht.

Sofort spannt sie sich an und verkrampft völlig. So wird das nie was. Ich brauche Lust, ohne sie kann ich meinen Hunger nicht stillen, also lasse ich von ihr ab und ziehe sie mit dem Rücken an meine Brust. „Komm her.", brumme ich, und befehle dem Laken uns einzuhüllen.

„Wir müssen das nicht überstürzen, etwas Zeit haben wir noch." Ihr fester Po passt sich exakt meinem Körper an. Als sie meinen prallen Schwanz an ihren runden Backen fühlt zuckt sie erschrocken etwas weg und läuft rot an. Ich weiß, dass ich gut bestückt bin, aber er scheint sie zu beeindrucken.

„Was bedeutet das?", fragt sie, weil außer, dass wir hier liegen und ich sie halte nichts mehr geschieht. „Was?" „Das alles?" „Ich werde verfolgt. Da du mich gerettet hast und du damit in Gefahr bist, schütze ich dich jetzt." „Damit das du mich einsperrst und mich zu Sex zwingen willst?", fasst sie zusammen.

„Nur bei mir bist du in Sicherheit.", bestätige ich ihr. Was stört sie nur an Sex? Vermutlich hat sie nur einfach noch niemand richtig durchgenommen. Schon gar kein Dämon, wir haben – *Benefits*. „Und diese Symbole an den Wänden in der Zelle, die anderen Sachen? Was bist du? Ein Zauberer? Ein verdrehter Satanist? Ein Hexer oder Magier?"

„Nichts von alledem, kleine Hexe." „Sondern? Was schlimmeres?", fragt sie erstickt und wieder fühle ich, wie sie in meinen Armen zittert. „Verkraftest du denn die Wahrheit?" „Ich bin in New York eingeschlafen und nur sechs Stunden später in Deutschland aufgewacht, zumindest behauptest du das, Dash.", sagt sie ein bisschen anklagend.

„Das ist keine Antwort, kleine Hexe.", grinse ich sacht. „Ich will wissen, was hier los ist." „Das verstehe ich und jetzt schlafe etwas.", befehle ich leise und lege Schlummer über sie, bis ihr Atem regelmäßig wird und ihr Körper schwer in meinen Armen. Erst dann nehme ich den Bann von ihren Gliedmaßen, damit sie sich wieder frei bewegen kann.

Hazel

Ein angenehmer Hitzeschub wallt durch meinen Körper. Undeutliche Impulse dringen durch mein Unterbewusstsein und Bilder flimmern durch meinen Geist. Ich träume. Ich liege im Central Park auf einer Decke und genieße die Sonne, die meine Haut erwärmt.

Ich bin nicht allein. Ich fühle Lippen, die zärtlich an meiner Schulter nibbeln. Lachend drehe ich mich um und sehe – ihn. Dash. Was für ein Alptraum. Sicher haben Psychologen eine vernünftige Erklärung dafür, dass ich mich nicht nur zu meinem Entführer irgendwie hingezogen fühle, sondern jetzt auch noch von ihm träume.

„Lass dich drauf ein, kleine Hexe.", raunt er zärtlich. „Kann ich nicht mal mehr in Ruhe träumen.", maule ich ihn an und er zeigt mir ein unglaublich schönes Lächeln, dass nicht zu seinen kalten und stahlblauen Augen passt, bevor er sich meinem Nacken widmet.

Seine Lippen lösen kleine, köstliche Explosionen auf meiner Haut aus und ich seufze, weil es sich gut anfühlt, weil es etwas in mir weckt, das unter einer dicken Eisschicht tief vergraben ist. Lust. Es könnte schön sein, so schön.

Ich könnte immer noch – aber Jimmy – und dann... „Es ist nur ein Traum, was wünschst du dir? Zeig es mir.", fordert mich Traumdash leise auf. Ohne zu antworten drehe ich mich zu ihm. Mustere ihn, sein schwarzes dichtes Haar, seine blauen, stechenden Augen.

Mein Blick heftet sich auf seine Lippen, die so einen speziellen süffisanten Schwung haben, die meinen Entführer aussehen lassen, als würde er niemals etwas ernst nehmen. Ohne ihm zu antworten lege ich meine Lippen auf seine. Sie fühlen sie überraschend weich an und warm und dann küsst er mich, sanft, neckend, lässt sich Zeit dabei und Traumdash küsst wirklich perfekt, genauso, wie ich mir immer einen Kuss vorgestellt habe.

Als er mich dichter an sich zieht, drücke ich mich an ihn und lasse meine Hände seinen Körper erkunden. Fühle seine glatte Haut unter meinen Fingerspitzen, genieße es über die harten Muskeln zu gleiten und die unterschwellige Kraft, die dieser Kerl mit jeder Pore ausstrahlt. Nur einen kleinen Moment schwach sein nur kurz und dann - aufwachen. Träumen wird man ja wohl noch dürfen, oder?

Ein weiterer Hitzeschub wallt durch meinen Körper und ich höre ein leises Keuchen. Fühle Finger, seine Finger, die zärtlich meinen Bauch hinabtippeln, die meinen Venushügel hinabgleiten und meine Pussy berühren. Mein Becken ruckt ihm entgegen, weil ich es will, weil ich mich tief in meinem Inneren schon so lange danach sehne, wieder berührt zu werden.

Als er zwischen meine feuchten Spalten gleitet und mich gekonnt stimuliert, will ich, dass ich nie wieder aufwache. Eigentlich sollte ich Angst haben, die fühle ich aber nicht. Ich fühle etwas, das ich lange nicht mehr gespürt habe – Lust. Echte, heiße, unbändige Lust.

Seine Finger finden meinen kleinen Lustknoten, der unter seinen geschickten Zuwendungen einen Schauer nach dem Anderen durch meinen Körper jagt. Heftiger, immer heftiger jagen sie durch meinen Leib, lassen ihn nach mehr verlangen. Ich stöhne in unseren Kuss, als er mit einem Finger in mich eindringt und der nächste Hitzeschub durchzuckt mich, als er sie in mir bewegt.

Traumdash löst sich von meinen Lippen und mustert mich dunkel. „Wie gefällt dir das, kleine Hexe?", höre ich seine Stimme in meinem Kopf. „G-Gut!", seufze ich ergeben und meine Muskeln ziehen sich immer enger um seine Finger zusammen, als er einen Augenblick inne hält. „Hast du noch immer Angst vor mir?", raunt er sanft. „Nein!", keuche ich.

Schließlich ist das hier nur ein Traum, ich kann das jederzeit beenden, ich muss nur aufwachen. Er verstärkt den Druck auf meinen Kitzler und stößt fester in mich. „Dann komm jetzt für mich, kleine Hexe.", höre ich seinen leisen Befehl, gebe mich seinen Fingern hin und…

Ich wache auf, weil ich gerade zum ersten Mal in meinem Leben einen Orgasmus im Schlaf hatte. Mein Atem geht stoßweise und mein Unterleib zuckt und bebt noch nach. Wir liegen noch immer in seinem Bett und er hält mich noch immer fest. Es war nur ein Traum. Andrerseits, nach allem, was ich hier schon erlebt habe. Langsam drehe ich mich um. Er wird doch nicht…?

Er schläft anscheinend und ich kann mich bewegen. Ich ignoriere die Nässe, die der Traum zwischen meinen Beinen hinterlassen hat und will mich davonstehlen. Endlich komm ich hier weg. Kleider finde ich schon irgendwo. Ich schaffe es auch bis zur Schlafzimmertür, allerdings ist sie fest verschlossen.

„Wo willst du hin, kleine Hexe?", höre ich ihn brummen. „Ich will hier raus.", verlange ich ohne ihn anzusehen. „Gut, dann geh. Sieh' dich ruhig um.", antwortet er und die Tür schwingt einfach so auf. „Nackt?", frage ich verdattert. „Es sind nur wir beide hier. Aber sicher findest du im Badezimmer etwas zum Anziehen.", sagt er lässig. „Es ist am Ende des Flurs.", ergänzt er und ich höre, dass er selbstgefällig grinst.

Irgendwie würde ich ihn gerne noch fragen, warum es plötzlich kein Problem mehr ist zu gehen, aber nur beim Gedanken daran, dass es vielleicht mit meinem Traum zu tun haben könnte, werden meine Ohren feuerrot. Also mache ich entschlossen einen Schritt in den Flur.

Jeder Raum hier scheint fast so groß wie mein Apartment in Greenwich zu sein. Im Badezimmer, einer Wohlfühloase mit Whirlpool und Dampfdusche, finde ich einen Bademantel, den ich überziehe. Wir befinden uns tatsächlich in einem Wald, denn jedes Fenster und jede Glastür, aus der ich blicke, zeigt mir dasselbe Bild.

Ein Stück Wiese gefolgt von hohen und dunklen Tannen. Das Haus selbst ist so ein modernes Blockhaus und ziemlich groß. Angefüllt mit edlen Möbeln und Kunstobjekten. Es ist irgendwie schick, aber doch gemütlich. An Geld scheint es Dash jedenfalls nicht zu mangeln.

Raus komme ich allerdings nicht, denn ganz egal, ob ich es bei den Fenstern oder mit den Türen versuche, öffnen kann ich nichts von alledem. „Hast du Hunger?", fragt Dash, als er ins Wohnzimmer schlendert.

Er trägt ein enganliegendes, graues Hemd und eine ausgewaschene Jeans. Seine nackten Füße hinterlassen kein Geräusch auf den Fließen, fast so, als würde er sie nicht wirklich berühren, was natürlich Blödsinn ist. „Du kannst Türen und Fenster öffnen und verschließen, wie es dir passt?", frage ich skeptisch.

„Unter anderem.", grinst er knapp. „Wann lässt du mich gehen?" „Sobald du in Sicherheit bist. Also? Hast du Hunger?" „Wann bin ich in Sicherheit?", will ich wissen. „Irgendwas Spezielles?", ignoriert er meine Frage. Ich kneife die Augen zusammen, weil mich diese ganze Situation noch immer überfordert und das lässt mich zickig werden.

„Ja! Es gibt auf der achten so einen Laden, der macht ein fantastisches Cajun Chicken Sandwich! Das hätte ich gerne und dazu einen XXL Schokoeisshake von Barney's.", schnappe ich giftig und mustere Dash feindselig dabei, wie er lässig seine Hand in die Luft streckt und mit den Fingern schnippt. „Dein Wunsch ist mir Befehl, kleine Hexe.", sagt er und das verdammte Sandwich und der Shake erscheinen im nächsten Augenblick vor mir auf dem Esstisch.

Überrascht mache ich einen Schritt zurück. „Beides ist frisch. Du kannst es unbesorgt essen.", nickt er zuversichtlich und zieht mir einen der Stühle zurück. „Setz dich, iss.", grinst er und widerwillig setze ich mich. Scheiße, duftet das gut. Mit spitzen Fingern packe ich das Sandwich aus. Es ist so, als hätte Liv, das Mädchen, das dort arbeitet, es mir selbst auf ein Tablett gelegt.

Entschlossen beiße ich schließlich hinein und kaue genüsslich. „Ich möchte, dass du bei mir liegst nachts.", brummt Dash beiläufig. Fast verschlucke ich mich an dem Milkshake. „Und wenn ich das nicht möchte?" „Dafür wirst du dich hier im Haus frei bewegen können." „Verhandeln ist nicht so dein Ding, oder?", frage ich und beiße bissig wieder in das Sandwich.

„Ich habe selten Grund dazu, Hazel.", bestätigt er meine Vermutung. „Warum?" „Weil ich sehr mächtig bin. Ich bekomme, was ich will." „Immer?" Er nickt sacht. „Anscheinend nicht. Sonst wärst du ja kaum durch mein Dach gefallen." „Und doch ist noch nichts entschieden.", grinst er. „Willst du nichts essen?", frage ich und sein Grinsen wird anzüglicher. „Ich hatte einen kleinen Snack als du geschlafen hast, danke."

Ein ungutes Gefühl erinnert mich an meinen Traum und mein Hirn kombiniert erneut das Unmögliche. „Das warst du.", murmle ich erschüttert. „Was?" „Du hast mich träumen lassen. Von – von – S-Sex mit dir." „Für dein Alter bist du erstaunlich verklemmt, kleine Hexe.", weicht er mir aus. „Also? Hast du? Das ist Vergewaltigung!", fauche ich und bin mir eigentlich nicht sicher, ob das zutrifft.

„Hat es dir gefallen?", fragt er selbstgefällig und ignoriert meinen Vorwurf. Ich verdrehe die Augen und greife zu meinem Shake. „Das ist keine Antwort.", brumme ich. „Auch du weichst mir aus.", stellt er charmant fest und steht auf. „Ich muss telefonieren. Soll ich dich zurück in den Keller bringen oder möchtest du dich weiter umsehen?"

„Will ich mich weiter umsehen…", setze ich zögernd an. „…liegst du ab heute bei mir. Das ist der Deal.", ergänzt er. Zischend atme ich aus und werfe den Rest meines Sandwichs zurück auf das Papier. „War es wirklich so schlimm vorhin in meinen Armen zu liegen und zu – schlafen?", fragt er und seine blauen Augen funkeln dabei als wären es Eiskristalle.

„Nein.", höre ich mich sagen. War es auch nicht. Unabhängig von der ganzen Scheiße, die hier passiert und auch der Tatsache, dass ich mit hoher Wahrscheinlichkeit an einem Stockholm Syndrom leide - ich hätte es schlechter treffen können, wenn ich mir diesen irreführend schönen und perfekt aussehenden Mann vor mir in diesem Luxusblockhaus nochmal so ansehe.

Noch nicht mal die Narbe, die sich über sein rechtes Auge bis zu seiner Oberlippe zieht, entstellt ihn. Er wirkt damit sogar noch verwegener. Scheiße, eigentlich wäre er ein absoluter Traumtyp, ein Hollywood Hauptgewinn, wenn er kein bösartiger, frauenentführender, total abgedrehter Satanist wäre. „Was bist du? Ich will es wissen.", sage ich fest. „Ein Dämon, kleine Hexe.", nickt er knapp und geht davon.

Schnell presse ich mir eine Hand vor den Mund, denn ich muss mir ein Lachen verbeißen. Klar! Ein Dämon! Für wie bescheuert hält er mich eigentlich. „Ein Dämon?", schieße ich in die Höhe und laufe ihm hinterher. „So wie im Fernsehen? In diesen übernatürlichen Serien?", ziehe ich ihn auf. „Ich kenne diese Serien nicht, aber ich glaube kaum, dass auch nur irgendetwas davon stimmt, was im Fernsehen über uns gezeigt wird.", brummt er. „Ach? Dann kommt ihr nicht aus der Hölle?"

„Na gut, vielleicht ein Treffer." „Und du stammst aus der Hölle?", frage ich jetzt ungläubig. Vielleicht hilft es ja, auf seine Wahnvorstellungen einzugehen, soll man das nicht so machen? „Nicht ursprünglich, aber ja – ich habe ein Domizil dort." Diesmal kann ich mir ein Kichern nicht mehr verkneifen. „Natürlich und sicher ist es dort ziemlich warm."

Dash dreht sich blitzschnell zu mir um und presst mich gegen die nächste Wand. „Eigentlich ist es in der Hölle ziemlich kalt, kleine Hexe. Wenn du willst, kann ich dich gerne einmal dorthin mitnehmen.", raunt er gefährlich leise. „Ist ja gut.", murmle ich. Anscheinend bringt es ihn auf, wenn ich ihn nicht ernst nehme.

„Ich mache keine Späße über meine Herkunft oder meine Heimat. Was glaubst du wieso sonst ein Sandwich aus New York City plötzlich auf dem Esstisch liegt oder wir uns gemeinsam durch das Haus in mein Schlafzimmer teleportieren können? Woher die Klamotten kommen?", erklärt er weiter. „Hast du uns auch hier her teleportiert?", frage ich ziemlich ernüchtert, weil ich gegen diese Tatsachen, so irrsinnig sie sind, nicht ankomme.

„Nein. Über längere Distanzen brauche ich meine Flügel, vor allem wenn ich so geschwächt bin.", antwortet er ernst. „Flügel? Dämonen haben Flügel?", frage ich irritiert. Sein Geständnis erschüttert mich, aber einfach glauben kann ich ihm diesen lächerlichen Schwachsinn doch auch nicht? „Ja." „Kann ich sie sehen?" „Lässt du mich dann telefonieren, kleine Hexe?"

Eingeschüchtert nicke ich und er lässt mich los, um ein paar Schritte zurück zu weichen. Sein Hemd verschwindet und einen Luftzug später, der von einem Geräusch, das sehr große Fächer verursachen würden, begleitet wird, fällt mir die Kinnlade runter.

Zwei große, schwarze Flügel ragen hinter Dashs Körper hervor. Wären sie nicht schwarz und er nicht so ein Finsterling, würde er fast wie ein Engel aussehen. „Wie ein Engel…", murmle ich auch prompt und fühle, wie ich auf Dash zu gehe. Stumm mustert er mich dabei, wie ich meine Hand ausstrecke und vorsichtig das Gefieder berühre.

Es ist ganz weich und glänzend, wie das nachtschwarze Gefieder eines Raben. „Das fühlt sich total unwirklich an.", flüstere ich ein bisschen ehrfürchtig, als die Federn unter meinen Fingern leicht erzittern. „Tut dir das weh?" „Nein.", grinst Dash mich an. „Dann ist es wie bei einem Schmetterling? Man darf die Flügel nicht anfassen?", frage ich naiv.

„Oh, du darfst sie ruhig anfassen, kleine Hexe. Sie sind nur – empfindsam." „Empfindsam?" „Es macht mich geil, wenn du sie an gewissen Stellen streichelst.", raunt er und zwinkert mir zu. „Oh. Das war nicht meine Absicht.", keuche ich und ziehe meine Hand zurück. „Schade.", brummt er und lässt mich allein.

Ein Dämon. Mein Hirn ist nicht fähig das als vernünftige und vor allem natürliche Tatsache anzuerkennen. Ich sollte wahrscheinlich, außer mir vor Panik, schreiend durch das Haus rennen und versuchen zu entkommen, obwohl es zwecklos ist.

Ein Dämon, ein echter lebendiger Dämon aus der Hölle will mit mir schlafen. Und dabei dachte ich immer, dass Dämonen furchtbar hässlich sind und nach Schwefel stinken. Hilflos versuche ich das hysterische Kichern zu unterdrücken, das ich in meinem Hals fühle. Das kann doch alles nicht wahr sein!

Vielleicht liege ich im Koma und träume irgendeinen verqueren Scheiß. Andrerseits, das Sandwich, die Flügel, dass alles hier ist real. Ziellos tappe ich durch das Nobelblockhaus, laufe Zimmer für Zimmer ab, einfach um nicht durchzudrehen, denn ich glaube, ich bin auf dem besten Weg dorthin.

Dash

Ihre Gedanken waren voll von einem widerlichen, stillosen Kerl in schmieriger Lederhose und Hawaihemden. Eine jener verkommenen Seelen, die ihre eignen Schwächen verbergen, in dem sie andere unterdrücken. Oft neigen sie zu Suchtverhalten so wie auch das labile Subjekt, das ich in Ihrem Geist gesehen habe, als sie schlief.

Wie konnte ein Mädchen wie Hazel nur an so einen Typen geraten? Bei Hexen haben Dämonen keine Chance dazu einen Blick in ihren Kopf zu werfen. Sie haben einen Schutz dagegen, dass wir in ihre Gedanken eindringen können. Eine magische Barriere in ihrem Kopf sorgt dafür, dass wir draußen bleiben.

Ist mir persönlich völlig egal, wer will schon hinter die Fassaden von Hexen blicken. Bei Menschen hingegen ist das anders und was ich bei Hazel sehen konnte - gefällt mir nicht. Es stört mich und wenn einen Kopfgeldjäger etwas zu stören beginnt, ist das kein gutes Zeichen.

Ich höre meine Nachrichten ab. Urushak hat das Lager, in dem sie mich festgesetzt hatten, aufgegeben. Alles andere hätte mich ohnehin gewundert. Er ist momentan von der Bildfläche verschwunden, auch das war klar.

Es gibt einen neuen Auftrag. Ein Krishtur hat es irgendwie durch eins der Portale geschafft und sorgt für Ärger in Rom. Ich gebe Bescheid, dass ich mich in ein oder zwei Tagen drum kümmern werde. Hat mich die kleine Hexe erst ordentlich genährt, wird ihr der kleine Ausflug sicher Spaß machen.

Mein Handy läutet und ich erkenne die Nummer. „Wenn du mich weiter nervst, Orakel, dann erfährt Luzifer von mir *persönlich*, dass du das Amulett einer Hexe an einen Menschen verliehen hast." Ich erwarte keine Antwort aber – ich bekomme eine.

„Was? Das kannst du doch nicht bringen, ich meine: wir alle machen doch Fehler oder bist du Urushak absichtlich in die Arme gelaufen?" Entnervt spanne ich meinen Kiefer an. „Was willst du, Mario?" „Naja – Hazel." „Dieser Punkt ist nicht verhandelbar.", brumme ich.

„Dash, sie ist ein Mensch. Ich habe mit der Hexe gesprochen. Sie kann sofort mit dir kommen und ist bereit dich zu nähren. Du müsstest dich nur kurz nach New York beamen."

„Das ist mir alles so egal wie Azeroth's Unterwäschemarke. Diese Kashkak ist auf deinem Mist gewachsen! Dein Mensch bleibt bei mir und ich entscheide, wann ich sie zurückbringe." „Dash! Sie ist sensibel! Sie hat…Ihr ist…Du weißt doch gar nicht wie du mit ihr…" Das genügt. Ich lege auf und stecke das Handy weg.

Auch wenn ich ein Profi bin und körperlich in Topform, muss ich etwas dafür tun, damit das so bleibt. Bevor ich mich in den nächsten Stunden also mit meinen Exerzitien befasse, materialisiere ich mich ins Wohnzimmer zurück, wo die kleine Hexe vor dem dröhnenden TV auf dem Sofa zusammengerollt liegt und schläft.

Auch wenn ich kein Fachmann auf dem Gebiet Mensch bin, werte ich das als gutes Zeichen. Ihr rotes Haar umrahmt ihr schmales Gesicht. Ihre kleine, vorwitzige Nase kräuselt sich und ihre Lippen zucken. Auf meinem Fingerzeig hin breitet sich eine flauschige Decke über ihren Körper, dann gehe ich an meine Arbeit.

Hazel

Das Flimmern des Fernsehers lässt mich für einen Moment vergessen, dass ich nicht in New York auf meinem Sofa liege, sondern irgendwo in einem Blockhaus im Schwarzwald. Jemand hat eine Decke über mich gelegt. Nicht jemand. Dash.

Ein – Dämon. Ein Dämon der mich im Traum...Also definitiv sahen solche Entitäten in den Horrorstreifen ganz anders aus als der durchtrainierte Hüne mit der makellosen Haut und den Flügeln. Auf jeden Fall furchteinflößender, mehr Beulen und warzige Haut und fiesen, rotglühenden Augen.

Jedenfalls sollten sie nicht blau sein und wie zwei Bergseen funkeln und er sollte auch nicht fürsorglich sein, sondern – nun ja – brutal? Waren Dämonen das nicht für gewöhnlich? Leise schnaube ich, weil er offensichtlich echt nur das Eine von mir will.

Ausgerechnet das. Verflixt! Wie bin ich da nur reingeraten? Vielleicht lässt er mich ja gehen, wenn ich... Oh man, ich kann es nicht mal denken, ohne dass sich alles in mir verkrampft und alles nur wegen Jimmy, dem Arschloch.

„Ausgeschlafen, kleine Hexe?", höre ich Dash, der plötzlich im Wohnzimmer auftaucht und ich zucke zusammen. Seine Haut glänzt vor Schweiß und seine Muskeln beben unter der nackten Haut seines Oberkörpers. Seine Bauchmuskeln ziehen deutliche Linien, bis zu der schwarzen Trainingshose, die ihm auf den Hüften liegt.

„Ja.", sage ich schüchtern, weil ich zu spät bemerke, dass ich meinen Entführer mit offenen Mund anstarre. „Was hast du gemacht?", frage ich in die unangenehme Stille, die folgt. „Trainiert." „Gewichte?" „Auch." „Ok." Offenbar will er nicht darüber reden. Natürlich nicht, denn er will ja nur mit mir...

„Müssen Dämonen auch trainieren, so wie wir Menschen, um fit zu bleiben?" „Du meinst ob es einen positiven

Einfluss auf unsere Vitalwerte hat? Nein. Wir existieren auch ohne Sport." „Und warum tust du es dann? Langeweile?" Dash runzelt die Stirn und ich kann nicht einschätzen wieso er das tut, allerdings dauert es einen unerträglichen Moment, bis er mir antwortet.

„Nicht aus Langeweile." „Ok.", brumme ich. Er redet also nicht gerne über sich. „Es liegt an meinem Job.", ergänzt er dann und setzt sich zu mir auf die Couch. Überrascht von seiner Aktion und dem starken Duft nach Moschus und Testosteron, in den er mich einhüllt, ziehe ich meine Beine an. Riecht ziemlich gut.

„Frauen entführen?", murmle ich ohne nachzudenken und bereue es, aber Dash lacht nur dunkel auf. „Was ist so komisch?" „Du, kleine Hexe.", grinst er und seine kalten Eisaugen bohren sich in meinen Kopf. „Ach?", frage ich und schlucke. „Du versuchst deine Furcht hinter Frechheiten zu verstecken." „Was hab ich denn für eine Wahl? Du hältst mich hier fest."

„Akzeptiere was geschehen ist, Hazel.", raunt er und ich schnaube möglichst abfällig. „Ich habe einen Job, ich muss Miete bezahlen, meine Pflanzen versorgen, ich kann nicht einfach verschwinden.", zähle ich auf, doch er lehnt sich nur zurück in die Kissen und ein Glas taucht in seinen Händen auf. „Bananen Kirsch Smoothie?", fragt er. „Nein!", zische ich. Dash zuckt die Achseln und trinkt.

„Wie stellst du dir das vor? Soll ich jetzt ewig hier mit dir im Schwarzwald bleiben?", komme ich zurück auf mein Thema. „Du bleibst an meiner Seite bis du in Sicherheit bist, Hazel. Wechsle das Thema.", verlangt er streng. „Du – du kommst aus der Hölle?" „Ja." „Wie ist es da so, also außer kalt?" „Groß." „Ok, aber ist es so, wie wir Menschen es uns vorstellen?"

Ein Schmunzeln lässt seine Mundwinkel zucken. „Das ist der Trick daran. Sie ist genauso wie ihr sie euch vorstellt." „Wo ist da der Trick?" „Du siehst, was du sehen willst, du bekommst, was du denkst zu verdienen."

„Oh.", hauche ich und fühle, wie meine Lippen nervös zucken, bei der Vorstellung daran, wie ich mir die Hölle ausmale. „Bis auf wenige Ausnahmen.", erklärt Dash dann. „Ausnahmen?" „Jap." Noch bevor ich danach fragen kann sagt Dash: „Frag nicht, du willst es nicht hören."

„Naja, da ich keine gute Christin bin und nicht wirklich an dieses ganze Himmel und Hölle Zeug glaube, …" Dashs hochgezogene Augenbraue bringt mich zum Schweigen, weil ich hier immerhin mit einem Dämon aus der Hölle sitze und ich meine Denkweise wohl – überdenken sollte.

„Und Luzifer straft die Hölleninsassen?", frage ich, weil ich mich jetzt gerne an den Gedanken klammern will, dass es vielleicht doch ganz anders ist. „Nein, soviel Zeit hat der Boss nicht. Nach seinem Urteil, werden sie ihrem Folterknecht übergeben."

„Einem Folterknecht?" „Ein Dämon, der für den Bereich der Hölle verantwortlich ist, in den die Seele verbannt wurde." „Und du bist so ein Folterknecht?" „Nein, kleine Hexe. Das ist mir zu eintönig.", antwortet er mir grinsend. „Und der Teufel verurteilt jede Seele? Einzeln?", frage ich, weil ich mich irgendwie noch nicht traue ihn zu fragen, was denn sein Job ist.

„Jede wird ihm vorgeführt." „Kein Wunder, dass er keine Zeit hat.", schnaube ich. „Das Verständnis haben nicht viele.", nickt Dash und mustert mich. „Na los, kleine Hexe, frag schon. Es brennt dir sonst ein Loch in deine kleine, menschliche Seele.", raunt er dann wissend.

„Was ist dein Job?" Er schnippt mit den Fingern und auf dem Wohnzimmertisch erscheint ein Burger mit Pommes und Cola. Natürlich nicht so ein matschiges Teil, von irgendeiner Fastfood Kette. „Ich bin Kopfgeldjäger. Iss die Pommes, solange sie warm sind.", erklärt Dash beiläufig und klaut sich eins der knusprigen Kartoffelsticks. „Kopfgeldjäger?", wiederhole ich ungläubig.

„So wie im wilden Westen? Auf einen Menschen wird ein Kopfgeld ausgesetzt und du jagst seine Seele und bringst sie Luzifer." „Deine Mutter hat kein dummes Mädchen großgezogen.", stellte er fest. Schief grinse ich und greife mir den Burger. Er schmeckt gigantisch. Das Fleisch nach Fleisch und der Salat ist frisch und knackig.

„Aber ich jage keine Menschen, sondern Dämonen, die aus der Hölle entkommen und bringe sie zurück." „Einen Folterdämon, dem die Arbeit zu langweilig wird oder weil ihr ständig Sex und Magie von Hexen braucht.", versuche ich das Wenige und vor allem Unglaubliche zu kombinieren, dass ich in den letzten Tagen gehört habe und greife zur Cola.

„Ich meine, wenn ihr dort zu Hause seid, warum solltet ihr dann wegwollen?" „Geld, Macht, Seelen, es gibt viele Gründe. Manche von euch sind dumm genug sie zu rufen." „Ich verstehe nicht…" „Das sehe ich, kleine Hexe.", antwortet Dash.

„Aber dazu müsstest du Dämonen verstehen.", brummt er dann und klaut sich noch ein Pommes. „Wie wäre es, wenn wir jetzt über dich sprechen?", fragt er dann und sein Blick wird wieder stechend und mir irgendwie unwohl.

„Da gibt es nicht viel zu erzählen. Ich wohne in New York - gut, dass weißt du; ich arbeite als Klavierspielerin in einer Burlesque Bar auf der Achten, Single und kann weder besonders gut mit Pflanzen, noch mit Männern.", stammle ich unsicher.

„Das würde ich nicht sagen." „Das mit den Männern?", frage ich und ringe mir ein Lächeln ab. „Das mit den Pflanzen. Die Dachterrasse war doch gut bewachsen?", brummt Dash und ich mustere ihn irritiert. „Nur ein Scherz, kleine Hexe.", grinste er und seine ebenmäßigen Zähne blitzten zwischen seinen süffisanten Lippen hervor.

Ich habe sie schon geküsst, durchzuckt mich die Erinnerung. Ok, zumindest davon geträumt es zu tun. Mein Mund wird trocken und schaltet für einen Wimpernschlag mein Hirn aus. „Single.", brummt Dash. „Das heißt ich habe keinen Freund.", erkläre ich, weil ich nicht weiß, ob einem

Dämon klar ist, was das bedeutet. Warum habe ich es überhaupt erwähnt?

„Und wie lange schon lässt du die Männerwelt dieses zwielichtigen Etablissements, in dem du angestellt bist, um einen deiner Blicke in ihre Richtung hecheln?" „Was?", keuche ich unsicher, weil sein Blick dunkler wird und seine Stimme irgendwie – sexy.

„Du bist eine Schönheit, kleine Hazel, und das weißt du. Dein Körper ist perfekt gebaut, deine Brüste voll, dein Arsch prall. Du strahlst Sinnlichkeit und Unschuld zugleich aus. Männer wollen dich, aber du sie nicht. Also: Wie lange bist du schon *solo*?"

„Fünf Jahre.", hauche ich, weil seine Stimme und sein Blick etwas mit mir anstellen. Nein, nicht mit mir – mit meinem Körper. Es liegt nur an meinem Körper. Ich will das gar nicht. „Für einen weiblichen Menschen in den besten Jahren die falsche Entscheidung.", brummt er und es ärgert mich, weil es den Nagel zwar auf den Kopf trifft, aber ihn das nichts angeht.

„Das war unverschämt!", zische ich, aber Dash zuckt nur die Achseln. „Korrigiere mich gerne, wenn ich falsch liege." Auf sein Fingerschnippen hin verschwinden die Reste des Burgers. „Zeit ins Bett zu gehen.", brummt er. „Du kannst gerne zuerst ins Badezimmer, kleine Hexe. Ich warte auch, bis du fertig bist.", raunt er.

Das tut er. Nämlich direkt vor der Tür, als ich ein paar Minuten später wieder aus dem Luxusbad komme. „Willst du nicht auch duschen?", frage ich, um Zeit zu schinden, denn ich rieche, dass er das bereits getan haben dürfte. „Es gibt mehr als eine Dusche hier.", antwortet er auch prompt, greift meine Hand und nimmt mich mit sich.

Dash

Sie bleibt an der Schlafzimmertür zurück und ich sehe wie sie sich verkrampft. Nach meinem Wink fällt die Tür hinter ihr ins Schloss und sie zuckt erschrocken zusammen. „Ist sie…" „Abgesperrt.", bestätige ich.

Sie kann mir nicht erzählen, dass ihr der Abend nicht gefallen hat. Sie war entspannt und zugänglich und ich weiß, dass ich ihr gefalle, weil ich ihren Blick auch jetzt wieder auf meinem nackten Rücken fühle. „Und wenn ich auf die Toilette muss?", fragt sie unsicher.

Ich drehe mich zu ihr, lege die Hände an meine Hose und öffne sie. Kurz zuckt ihr Blick zu meinem nackten Schritt und schnell wieder zu meinen Augen. „Dann pisst du in die Sockenschublade.", sage ich ernst. „Was?", keucht sie. „Du bist Scherze nicht gewohnt, oder? Weck mich einfach."

Natürlich würde sie mich gerne davon überzeugen die Tür einfach offen zu lassen, aber das wird nicht passieren. „Zieh dich aus.", verlange ich, bevor sie etwas sagen kann. „Ich habe kein Nachthemd.", versucht sie das unvermeidliche hinauszuzögern. Langsam gehe ich auf sie zu, während sich in meinen Fingern heiße, schwarze Lingerie mit wenig weichem und durchsichtigem Stoff materialisiert.

„Du wirst das hier anziehen.", raune ich lächelnd und zaghaft zupft sie mir die exquisite Wäsche aus der Hand. Ihr Kehlkopf hüpft nervös und ihre Augen weiten sich nervös, als sie das sündige Teil mustert. Ihr Geziere wird ihr nicht helfen. Schließlich haben ihr meine Zuwendungen im Traum gefallen, sie hat es zugegeben.

„Ich soll, das ist – darin kann ich doch nicht." „Das oder du liegst nackt bei mir. Mir ist beides recht.", antworte ich und lasse mit einem Schnippen meine Hose verschwinden. Ihr Blick will zu meinem prallen Schwanz zucken, um es zu verhindern beißt sie sich sogar auf die Lippen.

„Zieh dich aus. Danach stille ich deine Neugier.", raune ich grinsend, drehe mich um und lege mich aufs Bett. Natürlich bewegt sie sich keinen Caimosh. „Hör zu, kleine Hexe. Ich bin kein geduldiger Dämon. Ich werde jetzt bis zwei zählen und dann ziehe ich dich um.", warne ich sie. Angst flimmert durch ihre Augen und ihre Finger krampfen sich verzweifelt um das Negligé.

„Ich – ich mach schon.", sagt sie zögernd. Ich nicke zufrieden und schnippe mit den Fingern, um einen Vorhang aus dem nichts erscheinen zu lassen, um ihr Privatsphäre zu geben. „Danke, Dash.", murmelt sie erstaunt. „Gerne, kleine Hexe.", antworte ich und hole mir ein Glas Gin aus der Luft, um die Wartezeit zu überbrücken.

Der Vorhang raschelt und nur ihr Kopf erscheint. Scham prägt ihre Gesichtszüge. „Genaugenommen könnte ich auch gar nichts tragen.", murmelt sie niedergeschlagen. „Wenn dir das lieber ist.", sage ich und hebe meine Hand. „Nein! Nein!", versichert sie schnell. „Gut, dann komm her zu mir." Unsicher sieht sie mich an.

„Wenn du nicht ins Bett kommst, kleine Hexe, werde ich dich zwingen.", brumme ich. „Mach das Licht aus – bitte.", verlangt sie zaghaft. Ich schnaube leise. „Wenn es dir lieber ist, mit einem Dämon im Dunkeln allein zu sein – gerne.", sage ich amüsiert und schnippe das Licht aus.

Langsam und ohne mich aus den Augen zu lassen, kommt sie herüber und schiebt sich bemüht unauffällig unter die Laken. Gebannt von ihrem sexy Schatten mustere ich sie, während sich mehr Blut in meinem Schwanz staut. Ihr Kiefer ist angespannt und sie zittert.

„Hast du vergessen, dass du heute Mittag tief und fest in meinen Armen geschlafen hast? Wo ist dein Problem?", frage ich lässig, während sie versucht das Laken unter mir hervor zu ziehen, um sich zu bedecken. „Du machst mich nervös, Dash. Das alles gerade.", gibt sie zu. „Dazu gibt es keinen Grund.", versichere ich ihr und rücke an sie heran.

„Wie oft...also, hast du oft Hunger?", fragt sie bebend. „Du wirst es ertragen, kleine Hexe.", antworte ich schmunzelnd und streichle sanft ihren Arm. „Das glaube ich kaum.", murmelt sie mit einem bitteren Zug um den Mund. „Denkst du, dass du nicht auf deine Kosten kommst? Ich bin fürsorglich und aufmerksam.", raune ich sanft und genieße ihre warme Haut an meiner.

„Das - das ist es nicht.", schnaubt sie zögernd. „Man hat dir wehgetan, kleine Hexe.", nehme ich ihr die Last von den Lippen und ihr Kehlkopf hüpft, als sie schluckt. „Ich werde dir nicht wehtun, das verspreche ich dir." „Es liegt an mir, ich kann nicht mit dir..." „Was? Ficken? Schwachsinn! Du willst mich. Du hast davon geträumt.", brumme ich und sie atmet entrüstet ein.

„Also gibst du es zu." „Es hat dir gefallen." „Es war nur ein Traum!" „Es hat dir gefallen." „Ja. Aber…" „Und bist du gar nicht neugierig, wie es sich wirklich anfühlen würde, wenn ich dich küsse?", raune ich und beuge mich über sie. „Dash…", seufzt sie zweifelnd.

„Keine Angst, kleine Hexe. Entspann dich. Ich werde dich noch nicht einmal berühren, ok? Es geht hier um Lust, also tu nicht so, als wollte ich dir die Haut in Streifen von den Knochen schneiden.", grinse ich und schicke einen mentalen Impuls los, der ihre Brüste entlangstreicht und ihre Nippel zusammenzieht.

Überrascht keucht sie auf. „Was war das?", fragt sie erstaunt. Mein Grinsen wird breiter, als ich einen weiteren Impuls losschicke, der sie erstaunt seufzen lässt, weil der Impuls ihre Nippel geistig liebkost und zwirbelt. „Wie wäre es, wenn du mir sagst, was dir gefällt?", raune ich.

„Aber ich…", ihr Rücken wölbt sich, weil ich ihr das Gefühl gebe, ihre festen Nippel mit der Zunge zu lecken und zu zwicken. „Sag es mir, Hazel, worauf stehst du?" Ihr kleines Stöhnen und die aufwallende Lust, lassen meinen Schwanz fast platzen.

„Magst du es versaut und wild oder zärtlich und gefühlvoll?", frage ich lässig weiter und unterstütze meine Worte mit weiteren mentalen Impulsen, die sie dazu bringen sich auf der Matratze zu winden. „Dash...", seufzt sie zittrig und sieht mich aus großen, grünen Augen an.

„Dann eben zärtlich.", grinse ich zuversichtlich und ziehe sie dichter an mich, während ich weitere mentale Reize durch ihren Körper schicke, die sanft ihre Hüften entlang streicheln, zwischen ihre Schenkel, direkt zu ihrem Lustzentrum. „Oh - Himmel!", seufzt sie erstaunt und ihre Augenlider schließen sich flatternd. Ihre Hüften bewegen sich weich und kommen meinen geistigen Streicheleinheiten entgegen.

Ihre Lust flutet meine Rezeptoren und auch wenn ich sie eigentlich viel lieber körperlich nehmen würde, mich lieber tief in ihrer seidigen Hitze vergraben würde, halte ich mich zurück und befriedige sie weiter mental, bis ihre Atmung schneller wird, ihr Seufzen lauter und ihr Becken krampfend zuckt, als ihr Höhepunkt sie fortreißt.

Ihre Lust flutet meinen Körper und füllt weitere meiner leeren Energiespeicher. „Dankeschön, kleine Hexe.", raune ich ihr sanft ins Ohr und presse meine Lippen an ihre Schläfe, noch während sie die Nachbeben ihres Höhepunkts genießt.

„Das ist nicht fair.", haucht sie scheu und ich ziehe sie in meine Arme. „Nicht fair? Stell dir vor, was ich erst mit dir anstelle, wenn ich dich berühre, kleine Hexe.", brumme ich grinsend. „Bist du – hast du?" „Ja." „Dann bist du satt?" „Für den Moment.", antworte ich amüsiert. „Gut.", haucht sie und seufzt leise und ich will dem Arschloch in den Hawaihemden den Hals umdrehen.

Sie gähnt, Entspannung erobert ihren Körper und ohne meine Magie schläft sie in meinen Armen ein, kuschelt sich dichter an mich und ich beobachte sie fasziniert. Eigentlich hatte ich fest mit einem Nervenzusammenbruch gerechnet, nachdem, was sie heute Mittag erfahren hat. Sie hat sich recht gut im Griff, stellt zwar viele Fragen, aber bleibt relativ cool. Das ist mehr als man von den meisten Menschen in ihrer Situation erwarten kann.

Diese Eigenschaft wird sie brauchen und ich werde mich an ihre Fragen gewöhnen müssen.

Hazel

Als ich aufwache ist Dash nicht mehr neben mir. Etwas, dass ich im ersten Moment gut finde, mich dann aber irgendwie stört. Wo ist er hin? Neugierig stehe ich auf und gehe zur Tür. Sie ist – offen. Klar, weil ich bei ihm gelegen habe und ihm Lust geschenkt habe, darf ich mich frei bewegen. Immerhin hält er sich an den Deal.

Nach einem Boxenstopp im Bad, wo ich, unter anderem, den schwarzen Spitzenhauch gegen einen Bademantel tausche, gehe ich nach unten. In der Küche ist er schon mal nicht, stelle ich fest. „Dash?", frage ich. Was wenn er mich hier zurückgelassen hat? Ich gehe weiter ins Wohnzimmer. „Dash?", sage ich lauter. „Was ist?", fragt er plötzlich hinter mir.

„Wo warst du?" „Hast du mich vermisst?", raunt er verführerisch und mir schlackern die Knie, weil ich bei seinem Tonfall daran zurückdenke, was er vergangene Nacht mit mir gemacht hat. Mit meinem Körper! Der schwach ist. Denn ich selbst will das nicht, schon gar nicht, dass er mich berührt, denn das führt zu Sex und das zu – Schmerz.

„Nein, ich brauche was zum Anziehen und im Bad war nichts.", nuschle ich schnell. „Wenn's nach mir ginge, solltest du das hier den ganzen Tag tragen.", sagt er Finger schnippend und ich stehe wieder in dem sündigen Fummel von letzter Nacht da. „Dash!", quietsche ich auf und er lacht. Er lacht richtig laut, während ich versuche mich mit schwarzem Nichts zu bedecken.

„Bitte, Dash.", flehe ich und verliere meinen Rest an Würde. „Still, kleine Hexe.", verlangt er dann plötzlich ernst. „Richte dich auf. Stolz, ich will deinen Stolz sehen." „Was?" „Du hast mich gehört." „Aber…" Begleitet von einem kräftigen Luftzug schießen aus dem Nichts seine Schwingen aus seinem Rücken. „Zeig mir deinen Stolz!", verlangt Dash und spannt sein prächtiges Gefieder.

Sein durchdringender Eisblick fesselt mich. „Es gibt keinen Grund dich vor mir für irgendetwas zu schämen.", sagt er dunkel und ich – richte mich im Angesicht des Dämons auf. Strecke mein Kreuz durch, nehme meine Schultern zurück und erwidere seinen Blick.

Zufriedenheit umspielt seinen süffisanten Mund. „Komm zu mir.", verlangt er. „Und tu es mit Stolz. Als würde dir die Welt gehören." Was hat er denn jetzt wieder vor? Skeptisch gehe ich zu ihm. „Du musst Selbstsicherheit ausstrahlen und überhebliche Selbstverständlichkeit, Hazel.", erklärt er weiter.

„Sei dir deiner Schönheit und der Gewissheit, dass du alles in den Schatten stellen kannst, bewusst und trage es nach außen. Immer. Egal, was du am Leib hast oder wie du dich fühlst.", raunt er. „Warum sagst du mir das?", frage ich, als ich vor ihm stehe, doch Dash grinst nur geheimnisvoll. „Wie hast du geschlafen?", lenkt er ab.

„Ehrlicherweise gut.", gebe ich zu und werfe einen verstohlenen Blick auf seine Schwingen. Wie macht er das nur, dass auf seinem bloßen Rücken nichts davon zu sehen ist? „Das freut mich.", antwortet er. Meine Finger zucken, weil sich die Federn so zart an meinen Fingerspitzen angefühlt haben und ich kann gerade noch verhindern, sie zu berühren.

Als ich Dash wieder ansehe, merke ich, dass er mich amüsiert mustert. „Was ist?", frage ich, weil ich wohl irgendwas verpasst habe. „Ich will wissen, ob du frühstücken willst, aber ich sehe, du bist abgelenkt.", sagt er und seine Schwingen ziehen sich zurück.

Unsicher senke ich meinen Blick und will einen Schritt zurück machen, als sich sein Arm um meine Taille schlingt und er mich an sich zieht. „Du willst mich, dass weiß ich, kleine Hexe.", wispert er und sein Gesicht ist meinem plötzlich ganz nah. „Aber ich kann nicht.", antworte ich leise. Seine Lippen streifen meine Wangen und mir wird heiß.

Mein Blick wird magisch von seinen Lippen angezogen und noch während ich über die Ironie dieses Gedankens nachdenke fühle ich, wie ich auf Dash lande. „Hast du uns gerade zurück ins Schlafzimmer gebeamt?", keuche ich und stemme mich gegen seine nackte Brust, weil mir kurz schwindlig wird.

„Strenggenommen translozieren wir.", grinst er frech und ich fühle, seine Finger, die sanft meine Wirbelsäule auf und ab streicheln. „Berühr' mich.", verlangt er dann. „Was?" „Fass mich an, nimm dir von mir, was du möchtest. Ich werde still hier liegen und dich zu nichts drängen. Ich behalte sogar meine Hose an.", erklärt er ruhig und nimmt seine Arme von meinem Körper.

„Dash, das halte ich für keine gute Idee." „Und du glaubst, dass mich das interessiert?", raunt er und räkelt sich unter mir auf dem weichen Laken. „Deine Neugier steht dir ins Gesicht geschrieben, kleine Hexe. Also los. Worauf wartest du?", fordert er mich auf und ich bin echt überfordert.

Hilflos schneide ich eine Grimasse. „Ich weiß nicht..." „Mach dir keine Gedanken darüber, was mir gefällt." „Nein, darum geht es nicht, Dash. Du bist ein – Dämon." „Ja?" „Ich dachte immer, dass Dämonen gemein sind und brutal und herzlos und hässlich." „Wir sind nicht herzlos. Manche von uns haben sogar mehr als ein Herz.", versichert er mir arrogant.

„Du auch?" „Nope. Ich habe nur eins und hässlich bin ich auch nicht." Das ist mir aufgefallen und auch nicht wirklich brutal oder gemein. Na gut, denke ich mir, kratze all meinen Mumm zusammen und strecke meine Hand aus.

„Und du wirst nichts mit mir machen? Kein Anfassen, keine Berührungen ohne mich anzufassen?", hake ich nach. „Versprochen.", grinst Dash und verschränkt seine muskulösen Arme hinter seinem Kopf. „Ok.", sage ich, senke meine Finger auf seine nackte Brust und fahre über die glatte Haut.

Weich und warm und fest.

Eigentlich wie bei Menschen. Ich werde mutiger und fahre seine Buchmuskeln nach. „Sind Dämonen kitzlig?", frage ich und lasse meine Finger sanft über die Stelle an der Hüfte gleiten, bei der ich jedenfalls immer zusammenzucke und Dash – zuckt auch. „Nicht alle.", zischt er kurz, weil ich die Stelle necke.

„Also wie bei uns Menschen.", stelle ich fest und fahre den Rand seiner Hose entlang in der sein Schwanz ziemlich vorwitzig gegen den Stoff zuckt. „Du hast gestern von meinen Pommes gegessen.", setze ich an. „Und jetzt?" „Naja. Wenn du doch normal essen kannst – warum, also, warum musst du unbedingt mit mir…"

„Weil dieser Prachtkörper kein Eiweiß oder Kohlenhydrate braucht, um in Form zu bleiben, sondern Lust, Leid oder Seelen.", erklärt er mir so beiläufig, als ob er eine Gluten Allergie hätte. „Leid und Seelen.", hauche ich erschüttert. „Und Lust.", ergänzt Dash und grinst mich lüstern an.

„Und von mir…" „…nehme ich nur Lust, kleine Hexe. Das habe ich dir gesagt." „Ok.", antworte ich gedehnt. „Alles andere würdest du nicht überleben.", ergänzt er lässig. „Also sind Dämonen brutal.", flüstere ich erschüttert. „Für einen Kindergeburtstag eigenen wir uns nicht, nein.", schnaubt er und seine Bauchmuskeln spannen sich kurz unter meinen Fingern an.

„Deine Flügel…" „Du willst meinen Rücken untersuchen.", stellt er fest. „Kannst du Gedanken lesen?" „Nein, aber deine Frage ist natürlich.", antwortet er knapp und schiebt mich sanft von sich, um sich auf den Bauch zu drehen. Er meint es wirklich ernst. Ich darf ihn einfach nur anfassen, diese Sünde von einem Mann, und er tut mir - nichts.

„Na los. Fass hin. Ich weiß doch, dass du es willst.", grinst er schief über seine Schulter. Vorsichtig berühre ich die Stelle, an seinem Rücken, aus der die Flügel hervorbrechen. „Da ist nichts.", murmle ich erstaunt und fühle sorgfältig die Stelle ab.

Mit meinen Daumen gleite ich seine Wirbelsäule entlang und entlocke ihm einen keuchenden Laut. „Außer den Verspannungen, die ich hier fühlen kann.", brumme ich und massiere sanft die kleine verhärtete Stelle, die ich in dem Muskel finde.

Ich arbeite mich zu seinen Schultern vor und entlocke ihm ein leises Stöhnen. „Oh ja, kleine Hexe, genau da.", raunt er und ich fühle, wie sein großer Körper unter meinen Händen weich wird. „Wo hast du das gelernt?" „Eine Freundin von mir. Sie hat einen Partner für ihren Massagekurs gebraucht.", grinse ich.

„Als Kopfgeldjäger arbeitet man wohl viel mit seinen Händen.", stelle ich fest und massiere seine Trapezmuskeln aus. „Das kommt von meinem Kurzaufenthalt in Urushaks Folterspa.", brummt er und stiert nach vorne.

„Hat er das gemacht, um sich von dir zu nähren?" „Nein, er hat es gemacht, weil er ein Rub'us'shuk ist." „Ein was?" „Ein – Arschloch. Nein, das trifft es nicht, es ist schlimmer, aber die menschliche Sprache bietet hier keinen Vergleich."

„Dann ist das Dämonisch?" „Dämonisch gibt es nicht, kleine Hexe. Wir sprechen die Sprache der Ersten." „Der Ersten?" „Henochisch." „Ok, das ist dann sowas wie uraltägyptisch oder sumerisch?" „Es ist die Sprache der Engel." „Die Sprache der…" Das erklärt ja dann die Flügel.

„Du hast wirklich keine Ahnung, oder, kleine Hexe?", fragt er süffisant und mustert mich aus kristallblauen Augen. „Woher auch?" „Ein Teil der Geschichte steht in eurer Bibel." „Wie ich sagte, ich bin nicht besonders gläubig.", gebe ich erneut zu und streiche seine Muskeln aus.

„Aber du weißt von Luzifers Fall.", brummt Dash, setzt sich auf und mustert mich fragend. „Dem jüngsten Gericht?" „Nein, soweit sind wir noch nicht. Ich rede davon, dass mein Boss keinen Bock hatte sich in euren Dienst zu stellen, so wie sein Vater es von ihm verlangt hat."

„Ich dachte Luzifer war die Schlange im Paradies, die Eva verführt hat, den Apfel zu nehmen." „Lass ihn das bloß nicht hören. Das war nachdem er aus dem Himmel verstoßen wurde.", erklärt Dash ernst. „Ich verstehe, dann sind Dämonen auch gefallene Engel?" „Pauschal kann man das nicht sagen, nein. Aber ich war ein Engel, kleine Hexe."

„Dann bist du auch gefallen?" „Weil ich Luzifer unterstützt habe.", stimmt er zu. „Also bist du ein Menschenfeind?" „Nein." Ich runzle die Stirn, weil das für mich keinen Sinn ergibt. „Ich sagte: so wie sein Vater es wollte. Nur weil mein Boss sich euch nicht unterwerfen wollte, heißt das nicht zwangsläufig, dass er ein Menschenfeind ist."

„Aber er ist – ähm – der Boss der Hölle? Er bestraft Seelen?" „Ja, das ist wohl ein Aspekt dieser ganzen „Herrscher der Unterwelt" – Sache. Aber nur einer.", grinst er. „Jeder vergisst, dass Luzifers Dad ihn dazu verdonnert hat. Es ist auch für ihn eine Strafe."

„Also rächt er sich für das, was – sein Dad – ihm angetan hat und lässt es an den Seelen aus." Sein Dad – ich meine, ich rede hier von Gott und dem Teufel! „Da er es seit Anbeginn der Zeit tut, kleine Hexe, kann man hier inzwischen sicher von einer unemotionalen und moderaten Jobroutine ausgehen.", stellt Dash lässig fest.

Ich kann nicht verhindern, dass ich über seine flapsige Wortwahl grinsen muss. „Ok, also warum habt ihr euch dann gegen Gott gestellt?" „Weil Luzifer das bessere Wahlprogramm hatte." „Aha, verstehe. Und was hat das beinhaltet?", steige ich ein. „Viele der Sachen, die man euch Menschen verboten hat. Magie zum Beispiel, euren niederen Trieben nachzugeben, euren Begierden folgen zu können, einen freien Willen."

„Aber wir haben einen freien Willen." Fragend zieht er eine Braue in die Höhe. „Und woher kommt dann deine Scham? Wer sagt dir, dass du rot werden musst, weil ich dich zum Explodieren bringe oder weil du sündhafte Wäsche trägst?", raunt er und lässt einen düsteren Blick über meinen Körper gleiten und ruft mir damit wieder ins Bewusstsein, wie ich hier bei ihm sitze.

„Siehst du? Kaum erwähne ich es, spannst du dich an und dass obwohl du es bis jetzt völlig vergessen hast. Obwohl du bis jetzt selbstsicher und stolz und du warst." In seinen Augen funkeln Eiskristalle, als er sich aufrichtet und langsam näher an mich heranschiebt. „Küss mich, Hazel.", wispert er rau.

Mein Kinn zuckt in seine Richtung, meine Augen fallen zu und ich überbrücke die kurze Distanz zwischen uns. Ein angenehmer Schauer durchzuckt meinen Leib, als ich auf seine weichen, süffisanten Lippen treffe.

Dashs Zungenspitze huscht zärtlich über meine Lippen und bringt sie zum Kribbeln. Mein Mund öffnet sich und ich lasse ihn ein. Ich koste seinen herben, männlichen Geschmack und – genieße es. Genieße diesen perfekten Kuss, der noch viel besser ist, als in meinem Traum.

Genieße es, wie er den Kuss vertieft, wie Dashs Lippen sich fordernd an meinem Mund festsaugen und seufze leise, weil dieser Kuss alles in den Schatten stellt, was ich in der Richtung bisher erleben durfte, als er mich in seine starken Arme zieht.

Dash

Ich höre ein nerviges Klingeln. Nicht von meinem Handy – in mir – und muss diesen lustvollen Kuss mit der kleinen Hexe unterbrechen, denn diese spezielle Leitung ist nur dem Boss vorbehalten. Ihre verhangenen Augen glänzen wie polierte Aventurine, als ich von ihr ablasse.

„Sorry, da muss ich drangehen.", murmle ich an ihren weichen Lippen, teleportiere mich in mein Arbeitszimmer und nehme das Gespräch entgegen.

„Dash." „Luc, schön von dir zu hören, Boss.", grinse ich. „Wie ist der Schwarzwald?" „Ruhig." „Erholst du dich gut?" „Kann man so sagen." „Das klingt nicht überzeugend. Hast du dir keine Hexe genommen?" „Es gab Probleme in New York, meine Regeneration dauert noch an."

„Das ist scheiße." „Der Krishtur?" „Er ist mir ein Dorn im Auge.", faucht der Boss. „Aber nicht so wie Urushak. Ein Kontaktmensch in Italien hat Unterlagen für dich." „Unterlagen?" „Charybdis' Gestaltwandler haben vermutlich sein Waffenlager entdeckt."

„Wo?" „Etwas außerhalb von Algier." „Ok, ich werde es mir ansehen." „Geh ihm nicht wieder in die Falle, Dash!" „Ich habe dir zwanzig seiner unwürdigen Geschmeißapostel zurückgeschickt. Er sollte es schwer haben diese Lücke zu füllen.", brumme ich.

„Dash! Das Quartalsende steht bevor. Ich brauche Fakten und Urushaks Seele und keine schönfrisierten Statistiken." „Das weiß ich, Luc!", antworte ich harsch. „Hab ich dich jemals enttäuscht?" „Nein!" „Warum machst du mich dann an?"

„Weil mir mein Vater AUF DEN SACK GEHT!", donnert er den letzten Teil des Satzes und ich schnalze mit der Zunge, weil das echt nichts Neues ist. „Pass auf, Luc: übermorgen bin ich in Rom, schnapp mir den Krishtur und teleportiere mich sofort weiter nach Algier."

„Übermorgen!", zischt der Boss vorwurfsvoll, „Das dauert mir zu lange. Arturo erwartet dich im La Pergola heute Abend. Ich schicke eine Seele zu dir, damit du dich nähren kannst." „Ok." „Öffne dein Portal für mich." „Schmeiß ihn in die Kellersuite.", antworte ich und schnippe mit den Fingern. „Ist da.", antwortet Luc.

„Danke.", sage ich abgelenkt, weil mein Handy brummt. Ich ziehe es aus der Hosentasche und starre genervt auf das Display. Es ist das Orakel - Mario. „Ich habe übrigens eine neue Nummer, Luc." „Seit wann?" „Seit jetzt.", brumme ich und tausche mit einem Wink das brummende Übel gegen ein neues Gerät.

„Ok. Hab die Nummer. Also? Wann kann ich mit den Seelen rechnen?" „Wie immer, Luc, so schnell wie möglich." „Wann bist du in Rom?" „Zwanzig Minuten." „Gut. Ich sage Charybdis, dass er dir alle notwendigen Details an die neue Nummer schickt."

„Perfekt. Danke, Boss.", antworte ich, dann bricht die Verbindung ab und ich widme mich den Infos, die nach und nach eintrudeln. Lese Emails, checke Koordinaten und Standort, rufe die Bilder der Opfer und Überwachungskameras auf, treffe Vorbereitungen für meinen Aufenthalt in Rom und mache mich schließlich auf den Weg in den Keller.

Ich öffne das Verließ und finde einen menschlichen Sünder vor. Er mustert mich mit weit aufgerissenen Augen. Da mir die Zeit fehlt etwas mit ihm zu spielen, denn er hätte es sicher verdient, gehe ich auf ihn zu, presse ihm meine Hand auf den Brustkorb und drücke ihn gegen die Wand und jage ihm meine Macht in den sündigen Leib.

Der Gestank von Furcht füllt die Zelle. Ich genieße es in vollen Zügen, widme mich den Sünden, die mir die Seele meines Opfers offenbart. Entreiße ihm seine Seele und breche ihm im Anschluss das Genick. Ein feiger, dreckiger Kindermörder. Luc weiß eben, was ich mag.

Versonnen schmecke ich dem süßen Geschmack nach, den seine verdorbene Seele hinterlassen hat und ein

zufriedenes Grinsen legt sich auf meine Gesichtszüge. Endlich satt.

Hazel

Verwirrt starre ich ins Leere, schmecke Dash noch auf meinen Lippen. Weg ist er und ich fühle den Willen in mir, darüber zu quengeln wie ein unreifer Teenager. Weil mir der Kuss gefallen hat und es mir nicht gefällt, dass er mich jetzt einfach so sitzen lässt.

Lieber Himmel! Was macht der Kerl mit mir? Wie bringt er mich nur dazu? Ich habe sein Handy gar nicht läuten hören. Ziemlich rätselhaft dieser Dämon. Dieser – gefallene Engel. Wow! Und wenn er mich angelogen hat? Und wenn nicht?

Mein Magen knurrt und eigentlich hätte ich jetzt ganz gerne das Frühstück, dass Dash mir vorhin angeboten hat. Ich mache einen kurzen Abstecher ins Bad und finde im Wäschekorb die Jeans und den Hoodie, den ich gestern in einem Anflug von Normalität dort hineingeworfen habe.

Mit endlich mehr, als durchsichtigem Fummel am Leib gehe ich in die Küche, um einen Blick in den Kühlschrank zu werfen. Ich finde Dosenpfirsiche und Knäckebrot. Es ist das einzige, was es hier zu essen gibt.

Ich angle mir gerade die nächste Scheibe Knäckebrot aus der Packung, als ich einen lauten Schrei höre, der eindeutig von einem Mann kommt. Dash, schießt es mir sofort durch den Kopf und ich springe auf. „Dash?!", rufe ich fragend.

Es muss aus dem Keller gekommen sein, doch wo ging es hier in den Keller. Ich habe bei meiner Tour durchs Haus keine Treppe entdeckt, die nach unten führt. „Dash!", rufe ich lauter.

„Was ist, Hazel?" Plötzlich steht er hinter mir. „Ich habe einen Schrei gehört.", antworte ich verdattert. „Einen Schrei? Das hast du dir sicher eingebildet.", brummt Dash, seine Eisaugen funkeln intensiv und irgendwie wirkt er verändert.

Bedrohlicher, machtvoller – noch männlicher als er ohnehin schon ist. „Mit wem hast du…" „Unser Kuss hat dir gefallen, kleine Hexe.", fällt er mir ins Wort und kommt wie ein Raubtier auf mich zu. „Dash…irgendwie bist du anders.", hauche ich, weil er eine Sinnlichkeit ausstrahlt, die mich gefangen nimmt.

„Ich bin bei Kräften, das ist alles.", grinst er versonnen, überwindet die kurze Distanz, die mir noch geblieben ist und zieht mich an sich. „Von einem Kuss?", flüstere ich zweifelnd und atme seinen Duft ein. „Nein, kleine Hexe.", wispert er leise und legt seine Lippen auf meine.

Innerhalb von Sekunden stehe ich in Flammen, werde zu Wachs in seinen Händen und presse mich an seinen Körper, reibe mein Becken wollüstig an ihm und wünsche mir – mehr! Das geht doch nicht! Wieso habe ich keine Angst? Und warum ist er plötzlich satt? Meine Fragen verkommen zu unwichtigen Randnotizen.

„So gerne ich das vertiefen würde, kleine Hexe. Wir müssen los.", wispert er schließlich an meinen Lippen und ich brauche einen Moment, um zu verstehen, was Dash gesagt hat. „Los?" „Jap. Nach Rom." „Was?", schnappe ich alarmiert. Hat er gerade Rom gesagt? „Halt dich gut fest.", raunt er und zieht mich dichter an sich.

„Nein! Hörst du! Ich muss zurück nach New York, Dash. Dash! Da…", ich fühle wie mir schummrig wird, sich alles dreht, ich wirble, ich löse mich auf.

Dash

„...ich kann nicht nach Rom.", beendet sie ihren Satz und hält sich an einem Tischchen fest neben dem wir uns materialisiert haben, weil ihr schwindelt. „Zu spät.", brumme ich. „Aber...was? Das kann doch nicht dein Ernst sein!", keucht sie und stolpert zu einem der Fenster, der Hotel Suite in die ich teleportiert habe.

Die Aussicht zeigt ihr einen atemberaubenden Blick auf die Engelsburg und den Tiber, der blau in der Sonne glitzert. „Scheiße.", murmelt sie. „Willkommen in Rom, kleine Hexe.", sage ich beiläufig und bestätige Lucs Kontaktmenschen unser Meeting.

Danach schreibe ich Girondelli, er ist ein Hexer und ein Speichellecker. Aber da ich den Krishtur möglichst schnell finden will, brauche ich ihn. „Wir gehen heute Abend aus, wenn du also noch etwas schlafen möchtest, dann nutze die Zeit.", erkläre ich Hazel währenddessen.

„Ausgehen?" „Ja. Du weißt doch sicher, was das bedeutet." „Äh – ja?" „Gut, dann gibt es ja kein Problem. Die passende Garderobe für dich findest du hier. Makeup, Parfüm, Schuhe, wenn irgendetwas fehlt, gib mir später Bescheid.", sage ich und schnippe was menschliche Frauen so brauchen aufs Bett, dann erst wird ihr bewusst, dass sie noch immer den schwarzen Hauch von Nichts trägt.

„Und was machst du?", fragt sie, um von sich abzulenken. Erfreulicherweise hat Girondelli Zeit und nennt mir seinen derzeitigen Aufenthaltsort. „Einen Kaffee trinken gehen.", antworte ich und lasse sie allein.

Die kleine Hexe entspannt sich und das gefällt mir, denn das gibt mir die Gewissheit, dass sie an meiner Seite die nächste Zeit überleben könnte und das obwohl ihr dieser schmierige Kerl, der in ihrem Kopf herumgeistert, ziemlich zugesetzt haben dürfte.

Für einen Menschen ist Vergewaltigung etwas, dass man erstmal verdauen muss. Persönlich kann ich nicht viel dazu sagen, sexuelle Gewaltverbrechen liegen nicht in meinem Interessensbereich. Das heißt allerdings nicht, dass mir ein solcher erzwungener Akt vollkommen gleichgültig ist.

In der Hölle zum Beispiel gibt es ein eigenes Foltergewölbe nur für diese Spezies. Früher bin ich gerne durch diesen Bereich gestreift, um mir neue Ideen zu holen, wenn ich einen besonders harten Kerl gefangen hatte, der nicht reden wollte.

Doch nachdem die Berge an abgeschnittenen Schwänzen den Zugang zu verstopfen drohten, hat Luzifer ein neues Konzept eingeführt, dass sowohl effektiv, als auch ökologischer ist. Er macht sich ihren Irrsinn zu Nutze, er foltert sie nicht wie normale Seelen, denn das sind sie nicht. Vergewaltiger sind Irre mit irren Gedanken.

Vergewaltiger - Seele malt sich ein krankes Vergewaltigungsszenario aus, Argus, der Wächter dort, zieht es an dem Drecksack durch und von vorne. Wie die Lemminge. Sie wissen was kommt, aber bringen ihre kranken und abstoßenden Gedanken einfach nicht auf Spur. Ein irre komischer Zeitvertreib sozusagen.

Ich materialisiere mich auf dem Piazza Navona und schlendere zu dem Café, in dem der Hexer auf mich wartet. „Dash, gut siehst du aus." „Girondelli.", nicke ich. „Man munkelt Urushak hätte dich fast getötet.", kommt er direkt zu den derzeitigen Schlagzeilen in der Unterwelt.

„Um mich zu töten braucht es mehr als glühenden Stahl und eine Dämonenfalle.", erkläre ich arrogant. „Wie konntest du ihm nur in die Falle gehen?", singsangt der Hexer falsch, weil das natürlich das ist, was alle interessiert.

„Absichtlich, Girondelli.", grinse ich deswegen kalt und schnippe mir einen der Espressi heran, die fertig auf dem Tresen warten. „Erzähl mir was über den Krishtur.", fordere ich ihn auf. „Sein Versteck ist drüben auf der Via

Belgio, in der Nähe dieser kleinen Kirche. Eine Souterrain Wohnung unter einem Bike Shop."

Krishturen waren kleine, schmächtige Diebe. Sie stahlen alles. Geld, Schmuck, Kunst, Stereoanlagen, alles, was sich verkaufen ließ. Wichtig war nur, dass der Wertgegenstand wichtig genug war, dass der Geschädigte seelisch daran gebunden war.

Zum Beispiel die Perlen von Oma, die man so sehr liebte oder ein Flatscreen auf den man eine halbe Ewigkeit gespart hat. Kleinkriminelle Messis, die sich von Seelenfetzen ernähren, die diesen Gegenständen anhaften. In der Hölle werden sie gerne eingesetzt um Ordnungsfanaktiker oder von Habgier Besessene in den Wahnsinn zu treiben.

„Und du bist sicher, dass dort sein Versteck ist?" „Ja. Absolut." „Hast du ihn gerufen? Ist es aus dem Ruder gelaufen, Girondelli?", frage ich, weil ich fragen muss. „Nein! Mit Sicherheit nicht.", versichert er mir sofort. „Finde ich heraus, dass du lügst: finde ich dich.", brumme ich, löse mich in Luft auf und lasse ein ansehnliches Geldbündel für ihn auf dem Tresen zurück.

Hazel

Da ich offenbar keine Wahl habe, denn Dash hat auch die Hoteltür fest verschlossen, ziehe ich mich zögernd um und widme mich der teuren Kosmetika, die er einfach so für mich hierher geschnippt hat.

Er will also mit mir ausgehen. Das Kleid ist aus edlem, hellen Stoff und die perfekte Mischung aus elegant und sexy und erinnert mich an Marilyn Monroe in „Manche Mögens heiß". Ich drehe mich ein paarmal vor dem Spiegel und ich gebe zu, ich bin auch nur eine Frau.

Und leider muss ich zugeben, dass es mir Spaß macht, mich zurecht zu machen, für Dash – den sexy Dämon, der mit mir ausgehen will. Wow, kann der küssen! Trotzdem. Er kann mich doch nicht so einfach nach Rom verschleppen! Frustriert schüttle ich den Kopf, denn er konnte mich ja auch einfach so in den Schwarzwald bringen.

Ich schiele auf das Telefon neben dem Bett und das nicht zum ersten Mal, seitdem Dash verschwunden ist. Was hält mich eigentlich davon ab, die Polizei zu rufen? Nur Dashs Aussage, dass ich bei ihm in Sicherheit bin? Ich könnte ihnen sagen, dass ich entführt wurde und wo ich mich ungefähr aufhalte und dann – bye, bye Dash und ab nach Hause. Unschlüssig nähere ich mich dem Apparat.

Was, wenn Dash zurückkommt, bevor die Polizei mich findet? Sicher wäre er sauer. Wahrscheinlich wäre er dann nicht mehr so freundlich zu mir. Mist. Ich bin mir sicher, dass ich einen Schrei gehört habe, bevor wir das Haus im Schwarzwald gegen diese Luxussuite getauscht haben. Was ist da nur passiert?

Unsicher hebe ich den Hörer ans Ohr und wähle. Es läutet eine Weile. „Hallo?", höre ich Mario verschlafen brummen. „Mario! Ich bin's, Hazel!" „Hazel! Lieber Himmel! Wie geht's dir? Wo bist du? Hat er dich nach Hause gebracht? Warte, ich bin gleich bei dir." Ich runzle die Stirn.

„Äh – nein. Er hat mich nicht nach Hause gebracht. Ich bin in Rom."

„In Rom? Ist er bei dir? Gib ihn mir!", verlangt er und für mich bricht eine Welt zusammen. „Du weißt was passiert ist! Du kennst Dash!", hauche ich erschüttert. „Hast – hast du mich an diesen Dämon verschachert?", quetsche ich hervor. „Was? Nein! Es war ein Versehen. Er dachte, du wärst die Hexe, die hier wohnt wegen des Amuletts. Hazel, hör mir zu, gib mir Dash ans Telefon."

Ich richte mich etwas auf. Ein Versehen? „Er ist nicht hier. Woher kennst du ihn? Was soll das alles?" „Er ist nicht…Weiß er, dass du mich anrufst?", fragt mein Nachbar und klingt dabei irgendwie ängstlich. „Nein. Er hat mich entführt und ich werde jetzt definitiv die Polizei anrufen, wenn du mir nicht sofort sagst, was du weißt, Mario!"

„Wie ich sagte: eine Verwechslung." „Mario! Er ist ein – er ist ein…" „Dämon, Mäuschen. Ganz ruhig. Er wird dich nicht umbringen. Du musst jetzt stark sein, Hazel. Es gibt sie wirklich." Mario macht eine dramatische Pause. „Er will sich nur von dir ernähren." „Er hält mich gefangen."

„Ich weiß, mein Honigkuchen. Ich habe auch schon versucht ihn zu überzeugen, dich zurück zu bringen, aber er schaltet auf stur. Er hat Probleme an der Backe und muss diesen Job erledigen, vorher will er dich nicht zurückbringen.", seufzt Mario einfühlsam. „Du hast was?" „Mit ihm gesprochen, aber er will dich nicht frei geben. Sein Job ist irre stressig. Tu einfach, was er von dir verlangt. Angeblich hat er eine einfühlsame Seite."

„Das ist doch nicht dein Ernst, Mario!", sage ich anklagend. „Hallo? Hast du dir den Kerl mal angesehen? EFM - Einhundertprozent fickbares Männermaterial!" „Aber…" „Und lass die Bullen aus dem Spiel. Menschen sollten nicht in Übernatürliches hineingezogen werden, das endet immer tödlich."

„Aber ich bin ein Mensch!", schnappe ich aufgebracht. „Ein Mensch, der unter Dashs persönlichem Schutz steht.

Was macht ihr in Rom?" „Keine Ahnung. Er will heute Abend mit mir schick ausgehen.", murmle ich.

„Ein Date?" „Dem Anschein nach." „Na das ist doch was.", sagt Mario und ich höre ihn herzhaft Gähnen. „Wie spät ist es zu Hause?", frage ich. „Halb drei morgens. Du kostest mich meinen Schönheitsschlaf." „Wie kannst du nur so entspannt sein?"

„Weil es dir gut geht. Du hast ein Date und du bist mit dem buchstäblich sexiest Dämon alive zusammen." „Das ändert nichts an meiner Vergangenheit." Mario seufzt schwermütig.

„Hazel, du musst loslassen, sonst machst du es dir nur unnötig schwer oder du findest einen Menschen, der bereit ist Dash zu nähren. Weihwasser könnte auch helfen aber das macht ihn vermutlich nur sauer."

Ich runzle die Stirn. „Wie meinst du das?" „Such ihm ein hübsches Mädchen in dem Restaurant heute Abend und bring ihn dazu sich von ihr zu nähren oder schütte Weihwasser über ihn, das kann er nicht leiden, es verbrennt ihm die Haut." Ich ziehe meine Oberlippe zwischen die Zähne. „Und das funktioniert?"

„Beides. Ja. Aber lass das mit dem Weihwasser, Hazel. Lust ist Lust. Du kannst ihm auch jemandem bringen, den er leiden lassen kann oder eine Seele, aber ich glaube kaum, dass du das hinbekommst." Ich nicke. „Stimmt wohl. Okay, dann lasse ich dich jetzt schlafen." „Danke, Mäuschen, und halte die Ohren steif. Dash ist nicht – er."

Verdattert lege ich auf. Mario kennt Dash. Sie hatten Kontakt und ihre Geschichten deckten sich. Es war ein Versehen. Ist Mario etwa auch ein Dämon? Warum habe ich ihn das nicht gefragt? Aber nochmal anrufen will ich ihn jetzt auch nicht. Außerdem scheint er ja überzeugt zu sein, dass es mir gut geht.

Naja – irgendwie geht es mir ja auch gut und Dash ist definitiv EFM.

Dash

„Du siehst bezaubernd aus, kleine Hexe." Hazel steht vor dem Spiegel und überprüft ihren Lippenstift, als ich mich hinter ihr materialisiere. Ihre moosgrünen Augen blicken mich durch den Spiegel an. „Du hast mir verschwiegen, dass Mario ein Dämon ist."

Überrascht hebe ich die Brauen. „Wie kommst du auf ihn, kleine Hexe?" „Ich habe ihn angerufen.", gesteht sie. „Wozu?" „Er ist mein Freund." „Er kann dir nicht helfen." „Das hab ich mitbekommen." „Und das stört dich?" „Bist du sauer, weil ich ihn angerufen habe?"

Ich schüttle den Kopf. „Er ist kein Dämon. Er ist ein Orakel.", erkläre ich ihr und sie runzelt die Stirn und dreht sich zu mir. Ihr tiefer Ausschnitt zieht meinen Blick an. „Ein – Orakel. Mario ist Wahrsager, so wie das Orakel von Delphi?", frage sie zweifelnd und zupft an dem Stoff herum, um ihre sanften Wölbungen zu bedecken.

„Du kennst Helia?", frage ich amüsiert. „Was? Wen?" „Das Orakel von Delphi." „Nein?!" „Orakel befinden sich an taktisch klugen Punkten auf der Erde verteilt. Sie dienen uns Dämonen als Portale, wenn wir zu wenig Energie haben, uns aus eigener Kraft fortbewegen zu können. Sie befinden sich immer in der Nähe von Energiequellen, Hexen oder Heilern.", erkläre ich.

„Und weil Mario bei mir war, bist du durch meine Decke gekracht und weil er mir dieses Amulett geliehen hat…" „Dachte ich du bist die Hexe." „Also lebt in meinem Haus eine Hexe?!" „Ja." „Ok. Würde sie den anderen Bewohnern etwas tun?" „Hexen dienen Luzifer. Sie tun nur, was er von ihnen verlangt, wenn nicht: kommen sie auf meine Gehaltsliste.", antworte ich und schnippe mich in einen Smoking. Hazels Augen weiten sich anerkennend und ihre Zungenspitze huscht verräterisch über ihre Unterlippe.

„Ok und du bringst diese, also – deine Zielperson immer um?" „Das ist mein Job. Nur so kommen ihre Seelen zurück in die Hölle." „Hast du auch schon Menschen – umgebracht?" „Das macht mich nicht zu einem Mörder, kleine Hexe. Ein Dämon ist euch Menschen haushoch überlegen.

Sie haben kein Interesse daran, ob oder wie viele Menschen im Zuge ihrer Machenschaften überleben, es geht ihnen allein um ihr Ziel, wie auch immer das aussehen mag, und es zu erreichen." „Also rettest du uns." „Ein Nebeneffekt, ja.", gebe ich zu und reiche ihr den Arm.

„Gehen wir, kleine Hexe, und vergiss nicht Stolz und Selbstsicherheit auszustrahlen. Schließlich begleitest du nicht irgendeinen abgehalfterten Vollidioten.", zwinkere ich ihr herausfordernd zu. Sofort richtet sie sich etwas auf und hebt ihr Kinn.

„Wohin gehen wir?" „Wir treffen einen von Lucs Kontaktmenschen in einem Restaurant. Vorher habe ich allerdings noch etwas zu erledigen.", sage ich und studiere die Umgebung aus dem Mercedes SUV heraus, den ich uns gezaubert habe.

„Und was hast du zu erledigen?" Endlich tut sich was und die schmale Tür unter dem Bike Shop öffnet sich und eine schmale Gestalt verlässt die Souterrain - Wohnung. Ein Hauch von Schwefel mischt sich in die Nachtluft. „Einen Auftrag. Komm mit.", brumme ich. „Was? Ich soll - aber ich kann doch nicht."

Ich fasse ihre Hand und materialisiere mich einen Wimpernschlag später mit ihr vor dem Tor, das auf das Grundstück der Kirche führt. „Geh durch das Tor und warte, bis ich dich rufe. Das ist geweihte Erde. Dort bist du sicher. Falls die Sache aus dem Ruder läuft, wirst du den Pfarrer aufsuchen. Er soll dich zur amerikanischen Botschaft bringen." „Ok.", sagt sie verunsichert.

„Geh schon.", wiederhole ich eindringlich und gebe ihr einen kleinen Schubs, dann wende ich mich der Straße zu. Blitzschnell suche ich nach der schmalen Gestalt, finde sie und teleportiere mich zu dem Krishtur. „Zeit nach Hause zu gehen.", sage ich, ziehe meine kurze Klinge und will sie ihm in den Leib rammen.

Leider weicht er aus und springt an die nächste Hauswand und klammert sich wie ein Gekko fest. „Dash!" „Netter Zaubertrick.", raune ich ohne mich darüber zu wundern, dass der Dämon mich kennt. Mit Schwung springe ich die Hauswand nach oben.

Der Krishtur faucht und will entkommen, aber ich erwische einen Fuß, reiße ihn von der Wand und schleudere ihn zurück in die Gasse. Ich folge ihm nach unten, doch leider ist der Hänfling schnell, entgeht meinem Faustschlag und läuft davon.

Ich materialisiere mich vor ihm und reiße ihm mit bloßer Hand den Kehlkopf heraus. „Genug jetzt, kleiner Racker. Ab nach Hause.", brumme ich, während er sich mit einem Blitzen auflöst.

Ich werfe einen Blick zu Hazel, die mit aufgerissenen Augen in dem Torbogen steht und mich erschrocken und fasziniert zu gleich mustert. Langsam schlendere ich zu ihr. „Keine Angst, kleine Hexe. Es ist vorbei.", raune ich ihr zu.

„Du hast den Kerl einfach ermordet.", sagt sie erschüttert. „Jap. Er war kein Mensch. Es war ein Krishtur.", antworte ich und bleibe an der Grundstücksgrenze zu der Kirche stehen. „Dash! Hinter dir!", schreit sie plötzlich und ich fahre herum.

„Bleib wo du bist!", warne ich Hazel schnell ohne die Dämonen aus den Augen zu lassen. Zwei Klingen materialisieren sich in meinen Händen und ich wehre die Faust ab, die mir einer der beiden Dämonen, die hinter mir aufgetaucht sind, in die Seite jagen will. „Dash. Der Boss war noch nicht fertig mit dir.", zischt er. Urushaks Männer – eindeutig.

„Sehe ich aus wie seine Schlampe?", grinse ich arrogant. Der andere überlegt nicht lange und stößt seine Dämonenklinge nach mir. Geschmeidig weiche ich aus und stoße die beiden mit einem Impuls zurück. „Dumm mich zu suchen. Habt ihr Heimweh?", frage ich.

„Du bist auch nur ein Dämon!", sagt Vollversager Eins unheilvoll, verschwindet und blinzelt sich in meinen Rücken. Mit einem Backkick befördere ich ihn in Hazels Richtung. Scheppernd kracht er gegen den hohen Gitterzaun, der das Grundstück der Kirche einfasst und schreit hübsch, während der andere Kerl auf mich losstürmt.

„Ich mach dich fertig!", ruft Vollversager Zwei und überschätzt sich maßlos. Das lasse ich ihn schnell spüren. Ich packe ihn im Genick, wie einen unartigen Welpen, trete ihn gegen das Knie, breche ihm mit einem Ruck das Rückgrat und trenne ihm mit einem gezielten Schnitt den Kopf ab.

„Keine Sorge, Daddy schicke ich auch bald wieder runter.", grinse ich und wende mich Vollversager Eins zu, der meine kleine Hexe anstarrt und dabei einen Zwang - Zauber wirkt. Als Hazel den zweiten Schritt aus dem sicheren Kirchenhof auf den Idioten zumacht gehe ich dazwischen.

„Schluss damit!", knurre ich und will ihn am Schlafittchen packen, aber er blinzelt sich weg, taucht rechts von mir auf und – leider trifft sein Kinnhaken. Dann materialisiert er sich links von mir und auch der Schlag in meine Nieren sitzt. „Du hast Dan'aan getötet! Er war mein Bruder.", höre ich Vollpfosten Eins lamentieren.

„Echt jetzt? Du willst ihn rächen?", schnaube ich und spucke Blut auf den Boden. „Ich werde deine Hexe töten und dich zurück zu deinem Daddy schicken.", faucht er selbstsicher. Er will mir den nächsten Schwinger versetzen, dem kann ich ausweichen, allerdings nicht mehr seiner Klinge, die er mir in den Bauch rammt.

Schmerz explodiert und frisch verheilte Sehnen und Nerven reißen erneut. Kashkak. Das nervt mich jetzt. Als er die Klinge in der Wunde dreht und nach oben reißen will packe ich sein Handgelenk und jage ihm eine Dosis

Höllenfeuer durch den Leib. Gefällt ihm nicht, denn er lässt mich sofort los – schreiend.

Ich richte mich auf, ziehe mir den Stahl aus der Wunde und laufe auf Vollpfosten Eins zu. „Niemand tötet meine Hexe.", knurre ich dunkel und versetze ihm einen mentalen Stoß, der ihn durch das offene Kirchengartentor katapultiert. Hazel macht einen erschrockenen Satz zurück und quietscht erschrocken, als sie den Kerl auf sich zufliegen sieht, um ihm auszuweichen, doch soweit kommt er nicht.

Sobald sein Körper die Grundstücksgrenze überquert geht er zischend in Flammen auf. „Alles ok?", frage ich Hazel, die zu einer Salzsäule erstarrt ist. Unsicher sieht sie mich an. „Was?" „Hazel, geht es dir gut?", wiederhole ich und gehe zu ihr. „J-ja." Ich brauche sie jetzt.

„Komm her.", verlange ich. Sie schluckt. Sie zögert und ich weiß nicht, ob ihr jetzt klar ist, dass sie auf dem Kirchengelände auch vor mir sicher ist. „Waren das alle?", fragt sie zweifelnd und starrt auf den Weg vor sich, wo der Dämon zerfallen ist. „Für den Moment.", antworte ich und strecke meine Hand in ihre Richtung.

„Du bist verletzt.", sagt sie dann. „Jap und ich brauche deine Hilfe die Wunde zu schließen, kleine Hexe. Komm zu mir.", raune ich sacht. Langsam bewegt sie sich auf mich zu. Ihr Blick scannt die Umgebung dabei. Sobald sie den geweihten Boden verlassen hat, fasse ich nach ihr und ziehe sie an mich und Zufriedenheit überkommt mich, als ich ihren zarten Körper in meinen muskulösen Armen halte.

„Was kann ich tun?", fragt sie und blickt zu dem Blut, dass mein weißes Hemd zunehmend färbt. „Für mich Stöhnen, kleine Hazel.", sage ich und senke meine Lippen auf ihre. Küsse sie, teile ihren Mund, tauche ein in ihre Süße.

Es dauert ein paar Augenblicke, bis sie sich in meinen Armen entspannt, doch schließlich lehnt sie sich dichter an mich und genießt und meine Wunde heilt.

Hazel

Hier stehe ich und lasse mich von Dash küssen, der gerade drei – Dämonen – erledigt hat. Auf die unmenschlichste und brutalste Art und Weise. Wie im Fernsehen, nur das hier ist echt! Er lässt von mir ab, tauscht mit einem Schnippen sein Hemd und führt mich zurück zu dem SUV, der uns hierhergebracht hat.

Geräusche von krachenden Knochen, reisenden Sehnen und schmatzendem Blut verfolgen mich. Ich stehe unter Schock, denn ich bekomme erst gar nicht richtig mit, dass er den Motor startet und wir wieder fahren. „Dir geht es wieder gut? Die Wunde…der Kuss hat gereicht?", frage ich zittrig und versuche erfolglos zu verdrängen, was eben geschehen ist.

„Jap. Fürs Erste.", antwortet Dash knapp. Überwältigt versuche ich die brutalen Bilder, die durch mein Gehirn knistern loszuwerden. So was in einem Actionfilm zu sehen ist etwas ganz anderes, als es live zu erleben und dennoch war ich nicht in Gefahr und ich verstehe auch, warum es in diesem Kirchenhof sicherer war, als in diesem sternbewehrtem Straßenpanzer.

„Geheiligter Boden ist wohl schlecht für Dämonen.", stelle ich leise fest, weil ich nicht vergessen kann, wie der Kerl gerade an einer unsichtbaren Barriere klebengeblieben und verbrannt ist. „Jap. Wir können ihn nicht betreten.", antwortet Dash mir knapp und wirft mir einen schnellen, berechnenden Blick zu.

„Wäre ich nicht zu dir gegangen…" „Ich hätte dich nicht holen können.", stimmt er zu. Mist! Warum bin ich dann zu ihm gegangen? Ich wäre ihn einfach losgewesen. Ich hätte gehen können. Ich hätte tun können, was er mir gesagt hat. Mich an den Priester wenden und dann?

„Hättest du mich gehen lassen?" Ein Grinsen umspielt seinen süffisanten Mund. „Das werden wir wohl nie erfahren, denn du hast dich entschieden zu mir zu kommen.", stellt er fest. Niemand tötet meine Hexe, denke ich an Dashs gefährliches Knurren und unweigerlich beben meine Muskeln. Nein, er hätte mich nicht gehen lassen.

„Danke für deine Hilfe, Hazel.", sagt er dann sanft. „Kein Ding.", stammle ich verwirrt, weil es ja nur ein Kuss war und so langsam gewöhne ich mich an seine Küsse, die eben echt schön sind. „Und? Hunger?", fragt er dann und parkt den Wagen direkt vor einem Nobelschuppen.

„Nicht so richtig.", antworte ich ehrlich. „Ganz locker, kleine Hexe. Ich habe dir gesagt, dass du bei mir sicher bist. Dir wird nichts zustoßen. Wir treffen diesen Kontaktmenschen. Du isst etwas, ich gehe die Informationen durch, wir fahren wieder ins Hotel. Mehr wird nicht passieren.", klärt er mich ruhig auf.

„Und wenn wieder Dämonen…" „Tauchen hier andere Dämonen auf, verschwinden wir. Also wirst du nicht von meiner Seite weichen. Tust du es doch – stirbst du vermutlich. Sie wissen jetzt, dass ich nicht allein bin. Das wird sie nerven und sie werden alles daransetzen, dich zu bekommen.", brummt er und seine Augen funkeln irgendwie - begeistert.

„Freut dich das etwa?", frage ich irritiert, weil es ganz danach aussieht. „Natürlich. Es wird mir helfen meinen Schnitt zu verbessern, Luzifer zufrieden stimmen und mich Urushak näherbringen. Du bist sozusagen eine Einladung um Fehler zu machen." „Ok.", sage ich nervös, weil mir das gar nicht gefällt.

„Und bekommen sie mich in die Finger, bringen sie mich um." „Nicht sofort. Erst werden sie dich foltern, kleine Hexe." Mein Atem beschleunigt sich und ich krampfe nervös die Hände in meinem Schoß zusammen.

„Du bist bei mir absolut sicher.", sagt er nochmals arrogant. „Das sagt Mario auch." Dash grinst selbstgerecht. „Das hilft mir aber nicht.", zische ich, weil sich eine Panikattacke in meiner Brust breit macht. „Ganz ruhig, kleine Hexe.", raunt er und streckt mir seine Hand entgegen.

Ich greife danach und Sekunden später hält mir Dash die Tür zu dem Restaurant auf. „Kannst du das lassen? Mir wird jedes Mal schummrig.", murmle ich und kralle mich in seinen Arm. „Du gewöhnst dich noch daran.", nickt er zuversichtlich und wir treten ein. „An was ich mich nicht alles gewöhnen soll…", zische ich und ernte ein leises dunkles Lachen, bevor er mit einer weichen Geste seine warme, große Hand auf mein Kreuz legt und mich durch den Eingang schiebt.

Irgendwas macht diese Berührung mit mir. Sie gibt mir Kraft, sie gibt mir Stolz. Ich atme durch und spanne meine Schultern selbstsicher. Zufrieden grinst Dash mich an und nickt. „Genau so, kleine Hexe.", raunt er und manövriert uns durch das Lokal, zu einem Ober, der uns zu einem Tisch bringt, an dem bereits ein nichtssagender Mann sitzt, den man leicht mit einem Buchhalter verwechseln könnte.

Ich verstehe nicht viel von dem Gespräch der beiden, denn sie reden italienisch und das kann ich nicht. Aber das ist mir auch ziemlich egal, denn ich habe ein erstklassiges Rindercarpaccio mit frischem Parmesan und Kapern vor mir stehen, dass einem wirklich auf der Zunge zergeht und jede Menge verwirrender Gedanken in mir.

Zum Beispiel, ob es mir etwas ausmachen sollte, dass Dash diese drei Dämonen umgebracht hat Immerhin haben sie ja ziemlich menschlich ausgesehen, aber mehr wohl auch nicht. Oder dass ich eine reelle Chance gehabt hatte, an Weihwasser heran zu kommen, aber der Gedanke Dash zu verletzen widerstrebt mir, schließlich tut er mir nichts.

Dann dieser komisch Spruch, den dieser Dämon gesäuselt hat, der mich zu ihm hingezogen hat, gegen meinen Willen. Dash kann das auch, er kann mich auch steif wie ein Brett werden lassen und bestimmt könnte er mir auch seinen Willen aufzwingen, aber sicher hatte dieser Dämon ganz andere Sachen mit mir im Sinn als Dash.

Er riskiert sogar, dass ich auf dem Kirchengelände bleibe, damit ich sicher bin und Mario hat ja recht. Mir geht es nicht schlecht bei ihm, so seltsam das alles ist. Ich trinke einen Schluck von dem vollmundigen Rotwein, den Dash für mich bestellt hat und sehe mich verstohlen in dem edel eingerichteten Lokal um.

Frauen gibt es hier genug und sie sehen meiner Meinung nach alle besser aus als ich. Sicher hat Mario recht und Dash würde mit jeder der hier anwesenden Frauen problemlos ins Bett hüpfen können. Mein Blick bleibt ein einer klassischen, italienischen Schönheit mit dunklen Locken und Mandelaugen hängen.

Jedenfalls wäre es doch eine gute Möglichkeit, um mich aus der Affäre zu ziehen. Dash könnte sich ernähren und ich müsste mir keine Gedanken mehr darüber machen, ob es mir wehtun würde, wenn ich ihm nachgebe und mit ihm – schlafe.

Trotzdem gefällt mir der Gedanke nicht und auch, dass es mir nicht gefällt, gefällt mir nicht, denn – ich kann doch nicht ernsthaft in Erwägung ziehen, mich nach Jimmy auf einen brutalen Dämon einzulassen? Nachdenklich mustere ich Dash von der Seite.

Seine geschwungenen Brauen, die hohen Wangenknochen, seine Nasenlinie und sein kantiges Kinn, das diesen süffisanten und küssenswerten Mund einfasst. Ist es wirklich so schlimm hier bei ihm? Ok – nüchtern betrachtet ist es natürlich der blanke Horror!

Dashs blaue Augen fangen meinen Blick auf. Er grinst mich an, greift zärtlich nach meiner Hand und drückt sie sanft. „Wir sind hier gleich fertig, kleine Hexe. Schmeckt das Carpaccio?" „Es ist göttlich!", seufze ich zufrieden. Dash nickt und seine Lippen kräuseln sich.

„Das hier ist eines der besten Restaurants der Stadt. Da kann ich wohl erwarten, dass meine kleine Hexe etwas Anständiges zu Essen bekommt.", zwinkert er charmant und wendet sich wieder diesem Informanten zu.

Meine kleine Hexe. Es löst definitiv etwas in mir aus, wenn Dash das sagt. Etwas, dass mich glücklich macht. So ein Mist!

Dash

Das Essen ist ruhig verlaufen und als der Informant weg war, habe ich Hazel frischen Wein und flambierte Crêpes herbeigeschnippt. Es hat ihr geschmeckt und mir eine niedliche, menschliche Eigenschaft von ihr verraten.

Sie stöhnt genüsslich vor sich hin, wenn etwas in ihrem Mund ist, dass ihre Geschmacksknospen begeistert. Und es hat mich fast wahnsinnig gemacht. Mein Schwanz ist hart, seitdem sie das rohe Rindfleisch verspeist hat und so langsam habe ich das Gefühl zu platzen, wenn ich sie nicht endlich bekomme.

Unsicher steht sie vor dem Bett herum und mustert mich nachdenklich. „Worauf wartest du? Komm zu mir, kleine Hexe.", fordere ich sie auf und stelle zufrieden fest, dass ihr das leichter fällt. Einladend hebe ich das Laken und mit einer weichen Bewegung legt sie sich zu mir.

Sie seufzt sogar leise und lehnt sich freiwillig an mich. „Du hast mir Angst gemacht heute, als du dem Kerl einfach so den Kehlkopf herausgerissen hast und mit dem, was du dann zu mir gesagt hast.", gesteht sie. „Vor mir musst du keine Angst haben. Nur meine – Zielpersonen – müssen das.", brumme ich und streichle zart ihren Arm.

„Na ich weiß nicht, so wie du mich ins Visier nimmst.", grinst sie und ein freches Funkeln schleicht durch ihre grünen Augen. „Purer Egoismus, kleine Hexe.", raune ich und knabbere sanft an ihrer Schulter.

„Wenigstens bist du ehrlich.", antwortet sie und seufzt, weil ich mich ihren Hals entlangküsse. „Darauf solltest du nicht bauen, kleine Hexe.", raune ich und verschließe ihren Mund mit meinen Lippen, bevor sie antworten kann.

Ich küsse sie gründlich und werde belohnt mit einer Welle Lust. Ihr Körper reibt sich an mir und ich fühle die Hitze ihrer Mitte. Langsam streichle ich ihren Bauch hinauf und umfasse ihre Brust. Mein Daumen gleitet über die Spitze, neckt sie und ein mentaler Impuls streift dabei ihre

Hüften nach unten, fasst sie fester und gleitet zwischen ihre Beine.

Ihr wollüstiges Stöhnen rast durch meine Rezeptoren, ihre Hände gleiten von meinem Nacken, meinen Körper entlang. Ich fühle ihre Fingernägel, die meine Bauchmuskeln entlangkratzen und innehalten. „Fass ihn an, Hazel.", wispere ich an ihren Lippen.

„Ich weiß, dass du das willst, kleine Hexe.", flüstere ich und hauche kleine Küsse ihr Dekolletee entlang, lecke über ihre Brustwarze und sauge sie zwischen meine Lippen, während mentale Finger langsam ihr Lustzentrum umkreisen.

Zögernd gleiten ihre Hände unter die Decke und streifen schüchtern meine Eichel, die sofort erfreut zuckt. „Trau dich.", brumme ich und necke ihre Nippel. „Greif ruhig zu, ich mag das.", fordere ich sie auf, fasse ihre Hand und drücke sie fester auf meinen Schaft.

Sie versteht. Ich lasse sie los und lasse meine Finger über ihren Unterleib wandern. Streichle sie sanft, arbeite mich langsam zu ihren samtig feuchten Falten vor und lasse meine Finger behutsam hineingleiten.

„Dash.", stöhnt sie einen leisen Protest. „Wichs ihn, kleine Hexe. Machs mir. Bereite mir Lust. Immerhin habe ich dir heute das Leben gerettet.", verlange ich provokant ohne auf sie einzugehen und sauge ihre kleine, feste Brustwarze zwischen meine Zähne.

Hazel stöhnt auf und verstärkt ihren Griff um meinen Schwanz, verteilt mit ihrem Daumen die kleinen Tropfen, die bereits aus meiner Eichel perlen und drückt ihr Becken meinen Fingern entgegen.

„Willst du meine Finger in dir fühlen?", frage ich sie und wechsle zu ihrer anderen Brust. „Ich – weiß nicht.", seufzt sie und zuckt, weil ich sanft gegen ihre Klit stoße. „Du hast die Wahl. Meine Finger oder mein Schwanz.", raune ich und sauge an ihrem Nippel.

„Ich – ah…" „Du willst es, Hazel.", flöte ich, reibe schneller über ihr Lustzentrum und noch bevor sie sich anspannen kann, lasse ich einen meiner Finger in ihre nasse Enge gleiten. „Dash!", keucht sie erschrocken, doch mein Daumen reibt unerträglich zärtlich über ihre Klit, bis sich ihr Unterleib entkrampft.

Vorsichtig bewege ich mich in ihr. Lausche auf jeden Laut, achte auf jedes noch so kleine Zucken ihrer Muskeln und stelle zufrieden fest, dass ihr meine Zuwendungen gefallen. Sie sogar ungeduldiger wird.

Ich schiebe einen zweiten Finger in ihren heißen Kanal und dehne sie. Genieße die Kontraktionen ihrer Pussy und ihre Lust, ihre überraschende Leidenschaft, die meinen Körper flutet und stärkt. Ihr Atem geht schneller und ihr Stöhnen wird lauter, aber ich will noch nicht, dass sie kommt.

Lust besteht im Wesentlichen immer aus drei Phasen: das Entfachen, der Anstieg und der Gipfel und ich finde gerade Spaß daran Hazel in Phase Zwei gefangen zu nehmen. Ich gleite zwischen ihre Schenkel, ziehe sie auseinander und teile ihre geröteten Lippen. Als meine Zunge ihr Lustzentrum streift fühle ich, wie sie sich in meinen Nacken krallt.

Sie schmeckt sanft. Nach Moschus und einem Hauch Vanille und es macht mich ganz benommen. Ihre Nässe flutet meinen Mund, während ihre Klit unter meinem gekonnten Zungenschlag anschwillt. Problemlos gleiten meine Finger in sie und Hazel stöhnt laut meinen Namen, krümmt ihren Leib, spannt sich an.

Langsam ziehe ich mich zurück. „Noch nicht, kleine Hexe.", flüstere ich an ihrer Scham und ernte ein Knurren, dass mich zum Schmunzeln bringt. „Wirst du etwa frech? Du weißt, dass ich dich fesseln kann?" Überrascht quickt sie, als ihre Hände neben ihrem Kopf auf dem Laken landen.

„Das ist nicht fair.", seufzt sie und ihre nackten Oberschenkel zittern. „Das ist nicht fair?", frage ich Grinsend. „Und wie ist das?", sage ich dann und ihre Beine spreizen sich ebenfalls auf dem Laken. Unsicherheit zuckt durch das lustverhangene Moosgrün ihrer Iriden.

Zärtlich gleiten meine Finger wieder zu ihrer Scham. „Also? Was soll ich jetzt mit dir anstellen, kleine Hexe?" Sie seufzt und versucht ihre Schenkel zu schließen, weil ich sie nur geringfügig reize, weil ihr Körper schon längst entschieden hat, dass sie mich will.

Langsam lecke ich über ihre Scham ihren Venushügel, ihren Bauch, über ihre Kehle und ihren sanften, reizvollen Mund. Als mein Schaft an ihr Becken stößt zuckt sie zusammen und ruckt zurück. Ihr kleines Herz pocht so kräftig, dass ich es mit bloßem Auge sehen kann.

„Dash – er…ist so…", sie schluckt und sieht mir tief in die Augen, als ob sie nach irgendetwas suchen würde. „Keine Sorge, kleine Hazel. Ich weiß, dass du mich aufnehmen kannst." Zweifelnd sieht sie mich an. „Küss mich, vergiss was sein könnte.", verlange ich und senke meine Lippen auf ihre.

Ich bewege mich keinen Zentimeter. Ich liege über ihr, auf meine Arme gestützt und warte darauf, dass sie sich wieder entspannt. Ich schätze, die Zeit muss ich ihr geben. Mentale Reize streicheln ihren Körper zärtlich und beruhigend. Ihre Brüste, kneten ihren Hintern und bringen sie erneut zum Stöhnen, bis sie sich irgendwann vergisst und ihren Unterleib an mir reibt.

Meine Eichel gleitet zwischen ihre feuchten Falten und Hazel zuckt, als sie wieder und wieder über ihre Klit gleitet. Ich knabbere sanft an ihrer Unterlippe, halte ihr Becken fest, als es erneut nach oben zuckt und gleite langsam in sie. Kashkak fühlt sich die kleine Hexe gut an!

Ihr Kopf fällt in den Nacken und sie schnappt nach Luft, als mein Schwanz sie Stück für Stück dehnt. Ich sehe ihr an, dass sie sich verkrampfen will. Noch bevor es dazu kommt, kneife ich sie mental in ihre Nippel. Reize sie, necke sie, bis Hazel um meinen Schwanz weicher wird und mich tiefer in ihre delikate Enge einlässt, die meinen Schaft so fest zusammenpresst, dass ich fast platze.

„Komm schon, kleine Hexe. Gönn dir deinen Orgasmus. Hol ihn dir.", raune ich rau an ihren Lippen, ziehe mich vorsichtig ein Stück aus ihr zurück und dringe erneut in sie. „Dash - ich.", keucht sie und ein Zittern geht durch ihren Leib.

„Ich verstehe, dir fehlt wohl der richtige Anreiz.", grinse ich und konzentriere meine mentalen Liebkosungen auf ihr Lustzentrum. Überrascht zuckt sie auf. „Du meine Güte!", seufzt sie und beißt sich auf die Unterlippe, als ihr Becken meinen Schwanz tiefer aufnimmt.

Ich verstärke den Druck auf ihren Kitzler, aber zügle das Tempo, ziehe mich zurück und dringe erneut langsam in sie ein, tiefer, immer tiefer. Langsam richte ich mich etwas auf. Ihr Atem geht stoßweise, als sie mich mit flatternden Lidern ansieht und dann – ficke ich sie – endlich. Und das freut nicht nur meinen Schwanz.

Es freut auch mich. Hazel lässt los und unterwirft sich ihrer Begierde. Sie gibt sich mir hin und füllt meine Energiereserven mit reiner orgastischer Lust. Seufzt, stöhnt, zittert. Ihre kleinen Hände auf dem Laken ballen sich zu Fäusten, ihre Haut rötet sich und ich fühle, dass die Spannungen in ihrer Pussy nicht von schmerzhaften Krämpfen kommen.

Rhythmisch ziehen sich ihre kleinen Muskeln um meinen harten Schwanz zusammen, massieren ihn, ziehen ihn in sich. Ich steigere das Tempo, treibe mich in die kleine Hexe, verliere mich an sie und fühle, wie sie ihre Erlösung findet. Ihr Mund öffnet sich überrascht und ihre Augen blicken mich verständnislos an, dann kann ich mich nicht mehr zurückhalten und explodiere.

Hazel

Ich habe es wirklich getan. Ich habe mit Dash geschlafen. Einem Dämon. Einem gefallenen Engel. Und es hat mir gefallen. Ich wollte ihn – unbedingt. Er hat den Schmerz, meine Angst einfach so verschwinden lassen und alle furchtbaren Erwartungen, die ich an dieses Erlebnis hatte, ins Gegenteil verkehrt.

Damit, dass er so genau weiß, wie er mit mir umzugehen hat, habe ich echt nicht gerechnet. Und jetzt? Liege ich noch immer in seinen Armen, in die er mich gestern Nacht gezogen hat, weil ich angefangen habe zu weinen. Weil mich das alles völlig überwältigt hat. Er hat kein Wort gesagt, hat mich nur in den Schlaf gestreichelt. Er weiß, dass er mich nicht verletzt hat.

Vorsichtig drehe ich mich zu Dash und sehe ein zufriedenes Lächeln, um seine süffisanten Lippen. „Was ist los, kleine Hexe?", brummt er mit geschlossenen Lidern. „Ich habe mich gefragt, ob du – satt – bist. Also – deine Energie wieder voll."

„Warum? Denkst du ich brauche einen Nachschlag?", schnaubt er und zieht mich dichter an sich. „Dash.", sage ich, anklagend. „Sei dir gewiss, davon werde ich nie genug bekommen.", versichert er mir, schlingt seine Hand in meinen Nacken und küsst mich und ich denke mir: ich auch nicht. So ein Mist.

„Hast du Hunger?", raunt er an meinen Lippen, als mein Magen ein verräterisches Geräusch von sich gibt. „Ein bisschen.", gebe ich zu. Ich höre das Schnippen seiner Finger und wenig später erfüllt der Duft von Frühstück die Suite.

Eine Dusche und eine kurze Diskussion über meinen Bedarf an Klamotten später, Dash findet, dass ich gar keine bräuchte, ich bin da anderer Meinung, widme ich mich

Rührei und Räucherlachs, während er selbst ins Bad verschwindet.

„Wir müssen nach Algier.", sagt er, als er zurückkommt, setzt sich zu mir und nimmt sich ein Glas frischen Orangensaft. „Algier?", sage ich und stelle fest, dass es geschockter klingt, als ich mich fühle. „Und was machen wir dort?"

„Du wirst mir dabei zusehen, wie ich weitere Dämonen vernichte. Erwische ich Urushak bist du frei und kannst zurück nach New York." „Oh – ok.", sage ich und starre auf meinen Teller. Es klingt so enttäuscht, wie ich mich fühle.

Er hat ja bekommen was er wollte. Sex mit mir und – zack – schon bin ich uninteressant für ihn. Aber halt! Das ist doch gut so. Schließlich will ich doch wieder zurück nach Hause. Zu meiner Dachterrasse und meinem Job und – allem.

„Das willst du doch, kleine Hexe?", fragt Dash auch prompt. „Was?", frage ich, weil ich mich ertappt fühle. „Nach Hause." „Ja – klar.", antworte ich schnell. Dash runzelt die Stirn und mustert mich nachdenklich. „Gut. Bist du satt, denn ich würde ungern riskieren, Urushak zu verpassen.", zwinkert er dann.

Ich nicke. „Kann losgehen.", antworte ich kurz angebunden. „Dann komm her.", fordert Dash mich auf und wie eine Marionette stehe ich auf, gehe zu ihm und löse mich mit ihm auf.

Wir legen einen Zwischenstopp in Sardinien ein und fliegen dann weiter nach Algier. Wir fliegen. Dash spannt seine Schwingen und wir düsen im nächsten Moment hoch über der Erde dahin. Er hält mich sicher in seinen starken Armen, wärmt mich und zeigt mir eine beeindruckende Sicht auf die Welt.

Wir landen in der Nähe des botanischen Gartens von Algier. Die Hitze ist erdrückend und das trotz der Nähe zum Meer. Daher ist es von Vorteil das es in der Hotel Suite hier eine Klimaanlage gibt, die jedes Zimmer auf angenehme 23 Grad kühlt. Der Ausblick auf die glitzernde Stadt zu meinen Füßen ist schöner als jedes Märchen aus Tausend und einer Nacht.

„Wir werden uns hier besser tarnen müssen. In der Stadt wimmelt es nur so von Kul'ush – dämonischem Abschaum.", erklärt Dash und geht dabei die Nachrichten auf seinem Handy durch. „Viele Verräter und aufstrebende Arschkriecher." „Fein, dann werde ich das Zimmer wohl besser nicht verlassen?"

„Nein. Dazu gibt es keinen Grund.", brummt er und steckt das Gerät weg. „Ich gehe davon aus, dass mich Girondelli verraten hat. Er war, außer Lucs Infomenschen, der einzige der wusste, dass ich in Rom bin." „Und warum sind wir dann nicht in Rom geblieben, damit du seine Seele auch zur Hölle schickst?"

„Deine Einstellung gefällt mir, kleine Hexe. Aber ich brauche ihn.", grinst Dash. „Einen Verräter?" „Glaube mir: ich bin sein kleinstes Problem, da Urushak dadurch zwei weitere seiner Gefolgsleute verloren hat."

„Also hoffst du, dass sich dieses Ärgernis von selbst erledigt.", stelle ich fest. „Jap. So ist es. Mein Ziel ist hier. Wenn die Informationen stimmen, dann ist hier eins von Urushaks Lagern." „Und was lagert ein Dämon so?" „Waffen – Drogen – Frauen." „Fiese Nummer. Wie ein Mafia Boss."

„Er ist ein Dämon.", schnaubt Dash. „Er will Macht. Bei den Menschen ist Macht gleich Geld." „Und wie willst du an ihn drankommen?", frage ich und setze mich auf das Bett. „Das bringt mich zurück zu unserer Tarnung.", antwortet Dash.

„Da du mich so überaus gut genährt hast vergangene Nacht, kleine Hexe, verfüge ich über ausreichend Energie, um unsere Gestalt zu verändern.", erklärt Dash, während er langsam auf mich zukommt und seinen Worten Taten folgen lässt.

Vor mir steht nicht länger ein dunkelhaariges Unterwäsche Model mit stechend blauen Augen und verwegener Narbe, sondern ein graublonder Mann mittleren Alters mit braunen Augen und ordentlich zurechtgetrimmten Vollbart.

Verdutzt starre ich Dash an. „Jetzt zu dir. Dein Haar ist zu auffällig und deine Statur zu schmal. Algerische Frauen haben schwarzes Haar und breite Hüften. Zudem eine gerade Nase und ihr Haupt und Körper sind verhüllt.", sagt Dash und legt mir seine Hand auf den Kopf.

Alles in mir kribbelt kurz auf, so als würden alle Gliedmaßen zugleich einschlafen, dann ist es auch schon wieder vorbei. Als ich an mir runtersehe, sind die Jeans und das Top verschwunden. Ich trage einen langen, dunklen Rock, ein weites, äußerst züchtiges Oberteil und um meinen Kopf und Hals liegt ein Schleier.

„Das sollte genügen.", nickt Dash zufrieden. „Kann ich es sehen?" „Du hast keine Wahl, du siehst für die Zeit, in der wir uns in der Stadt bewegen so aus.", antwortet er und weißt mit dem Kinn zu dem Standsspiegel in der Ecke des Zimmers.

Eine fremde Frau blickt mich an. Ungläubig fasse ich mir ins Gesicht und verziehe die fremden Lippen, als meine Augen mich kritisch mustern. Vor allem das Gesäß. „Das grenzt ja an eine Frechheit!", murmle ich und lege die Hände auf das auffällige Hinterteil.

„Du wirst es überleben, kleine Hexe.", grinst Dash und gibt mir einen Klaps. „Also, bereit Algier unsicher zu machen?", fragt er dann und ich nicke. Er drückt mich fester an sich und wir lassen die angenehmen Kühle der Hotelsuite hinter uns.

Dash

„Und wenn mir diese Verkleidung nicht gefällt?", fragt Hazel, die mir unsicher folgt und an ihrer Burka herumzupft. „Es gibt Regeln in diesem Land. Wenn wir nicht auffallen wollen, dann müssen wir uns daranhalten.", erkläre ich ihr ruhig und sie verzieht schmollend die Lippen.

„Dann willst du mir sagen, dass dir das hier gefällt?"; schnappt sie und deutet auf ihren Körper und ich kann mir ein Grinsen nicht verkneifen. „Es geht hier nicht um mich, sondern um deine Sicherheit, kleine Hexe." „Aber in Rom war ich doch auch – so wie ich bin – sicher."

Ich manövriere sie zu einer Tee – Bude, in der Urushak gesehen wurde. „Was hast du? Das alles ist doch in deinem Interesse? Du willst schnell zurück nach Hause und ich tue alles dafür, dir diesen Wunsch zu erfüllen." „Klar, jetzt wo…wo…", stockt sie und blickt düster zu Boden.

„Sprich es ruhig aus.", fordere ich sie süffisant auf und sie schnaubt zickig. „Jetzt bin ich wohl uninteressant für dich, nachdem du bekommen hast, was du willst. Dann kann ich auch herumlaufen, wie der letzte Heuler.", rollen kleine, liebenswerte Vorwürfe über ihre Lippen.

Als Dämon und Kopfgeldjäger habe ich keine Vorstellungen von einem morgen, nicht mal von einem heute, manchmal vielleicht von einem später. Hexen laufen nicht Gefahr sich in uns zu verlieben. Sie schwärmen, aber mehr auch nicht.

Verlieben sollte sich die kleine Hazel allerdings nicht in mich, denn – ich würde ihr zwangsläufig das Herz brechen. „Du bist kein Heuler. Es zählen die inneren Werte, nicht wie du aussiehst. Oberflächliches ist nur Menschen wichtig.", sage ich dennoch.

„Das soll wohl ein schlechter Scherz sein.", brummt sie. „Nein.", antworte ich gelassen. „Und du bist für mich nicht uninteressant, kleine Hexe.", zwinkere ich, bevor ich vor ihr das Lokal betrete. Wir lassen uns in einer Sitzecke mit großen Polstern nieder und ich ordere Tee für uns.

„Und bevor du jetzt zickig wirst und mich fragst, ob du nur Nahrung für mich bist: spar es dir.", sage ich dann zu ihr, weil sie mich angriffslustig mustert. „Allerdings wäre es falsch, dein Herz an mich zu verschenken, nur weil ich weiß, wie ich zwischen deine Beine gelange."

Meine Worte verletzen sie, ich sehe es und es nervt mich. „Hazel…" „Spars dir, Dash. Ein Dämon und ein Mensch funktioniert nicht. Das ist mir auch irgendwie klar. Trotzdem hätte es wohl tausend nettere Arten gegeben, mir das zu sagen." „Und jede davon hätte dich gekränkt.", erwidere ich gelassen, räuspere mich und lehne mich zurück, um dem Kellner Platz zu machen, der uns den Tee serviert.

„Hör zu, kleine Hexe. Ich bin ein Abenteuer, mehr nicht. Solange du bei mir bist, werde ich dein Liebhaber sein. Ich werde dein Leben schützen. Du kannst von mir verlangen, was auch immer dir Lust bereitet oder was du brauchst. Benutze mich. Lass uns Spaß haben und dann – geht jeder wieder seiner Wege.", verspreche ich ihr mit einem Nicken, weil es so das Beste ist.

Sie ringt kurz mit sich und schluckt. „Ok.", antwortet sie schließlich leise. „Gut.", brumme ich und nehme den Dämon ins Visier, der gerade das Lokal betreten hat. Volltreffer. Einer der Idioten, der mich gefoltert hat.

„Und was machen wir jetzt?" „Beobachten, kleine Hazel.", raune ich und meine Augen folgen dem Kerl zu einer Hintertür. Am Tresen entdecke ich dabei einen Typen, der eine Misbaha in seinen Händen hält und betet.

„Ein Dämon ist gerade im Hinterzimmer verschwunden. An der Bar sitzt ein Gläubiger. Wenn also gleich irgendetwas anderes außer mir dort wieder herauskommt – bleib in seiner Nähe. Folge ihm und…" „…schlage dich zur Botschaft durch?" „Kluge Hexe.", brumme ich anerkennend.

„Dash.", sagt sie, als ich aufstehe, „Komm da wieder raus, bitte." „Das ist der Plan.", nicke ich grinsend und gehe.

Überrascht stelle ich fest, dass es sich hier nicht um ein kleines Hinterzimmer handelt. Ich stehe in einem Flur, der sich ein ziemliches Stück erstreckt. Zwei Türen rechts, eine links. Es riecht nach Schwefel, Schweiß und Sex. Fast wie zu Hause.

Hinter der ersten Tür rechts verbirgt sich das Warenlager. Auf der linken Seite sitzt ein Idiot vor einem Haufen Bildschirmen herum. Er sitzt mit dem Rücken zu mir. Es geht schnell und einfach. Während der Dämon vor mir ausblutet höre ich eine Tür knallen.

Tor Nummer drei ist wohl die richtige Wahl. Der Moment, in dem ich wieder auf den Flur trete, ist für den nächsten Dämon die Fahrkarte zurück in die Hölle. Allerdings schafft er es einen unartikulierten Schrei auszustoßen, was ärgerlich ist, da ich im nächsten Moment von Urushaks Abschaum umzingelt bin.

Also tue ich das, was ich am besten kann. Ich kämpfe, ich metzle, ich vernichte die untreue Brut. Aber es sind einige und langsam sehe ich meine Chance schwinden, die kleine Hazel heute Nacht wieder nach Hause zu geleiten, als mich drei packen und ein vierter meinen Leib mit seinen Fäusten quält, also ändere ich meine Taktik und lasse mich gefangen nehmen.

Hazel

Natürlich kann das alles nicht mehr als ein Abenteuer sein! Das ist zwar bitter, aber ich verspreche mir selbst trotzdem zu versuchen, jede Sekunde davon zu genießen und werde mich danach mit mehreren Litern Schokoladeneis und Schlagsahne einfach vernichten.

Ich sitze hier wie auf heißen Kohlen. An ein entspanntes Warten ist nicht zu denken. Als sich endlich was an der Hintertür tut, stehe ich total unter Strom. Dash ist schon eine gute halbe Stunde verschwunden und ich halte die Spannung kaum noch aus. Allerdings kommt nicht Dash heraus, sondern zwei zwielichtige Typen. Bei dem einen glaube ich Blut am Kragen zu entdecken. Mist. Mist! Was mache ich denn jetzt?

Ich sollte tun, was er mir sagt. Hat in Rom ja auch funktioniert. Ich kralle meine feuchten Hände in das Sitzpolster und knete es nervös, während mein Blick zu dem Mann mit der Gebetskette an der Bar fliegt. Was ist, wenn Dash es nicht schafft? Die beiden sehen nicht so aus, als ob sie flüchten würden. Haben sie ihn etwa – in die Hölle zurückgeschickt?

Was wenn sie ihn gefangen haben? Foltern sie ihn? Es sind Dämonen! Natürlich tun sie das. Ich will aber nicht, dass sie diesem Dämon wehtun, der mich so einfühlsam behandelt hat, dem ich mich hingeben konnte ohne Furcht, ohne Schmerz. Der so einzigartig fordernd und leidenschaftlich küsst und der scheinbar exakt zu wissen scheint, was ich im Bett brauche.

Wieder öffnet sich die Tür und weitere Männer treten heraus und verlassen das Lokal. Sie lachen und zeigen ihre Smartphones herum. Wenn er keine Energie mehr hat, dann braucht er vielleicht meine Hilfe. Aber kann ich das? Kann ich einem Dämon überhaupt helfen? Ich weiß ja nicht einmal, wie viele von denen mich hinter dieser Tür erwarten.

Ich kaue so fest auf meiner Unterlippe, dass es schon wehtut, dann stehe ich entschlossen auf und gehe auf den Mann mit dem islamischen Rosenkranz zu.

Dash

„Ok, Boss. Machen wir.", höre ich den Wichser in sein Smartphone brummen, bevor er auflegt. Sie haben mich auf einen Stuhl gebunden und halten jetzt Rücksprache, was sie mit mir tun sollen. Soweit ich das beurteilen kann, bin ich allein mit den beiden Idioten. Die anderen haben sich aus dem Staub gemacht.

Meine Tarnung konnte ich aufrechterhalten, sie wissen nicht wer ich bin. Bis jetzt bin ich nur ein Killer mit Glück und einem kräftigen Haken, der ihrem Boss einen Deal vorschlagen will. „Wer bist du, Arschloch?", fragt mich ein zweiter, bevor er mir eine knallt.

„Ein Interessent. Ich will deinem Boss einen Deal vorschlagen.", brumme ich zum wiederholten Mal. Urushak ist nicht hier, also versuche ich ihn aus seinem Versteck zu locken und spiele mit, denn schließlich will ich ihn und nicht seine Handlanger.

„Mein Boss sagt, dass er dich nicht kennt.", faucht mich jetzt Smartphone Dackel an und ich zucke die Achseln. „Ich sagte auch nicht, dass er mich kennt. Ich sagte, dass ich einen Deal für ihn habe.", brumme ich. „Dann sag uns, was für ein Deal das ist.", zischt Watschenwurm mich an.

„Nein.", antworte ich ruhig. „Der Deal geht nur deinen Boss und mich etwas an." „Der Boss hat aber keinen Bock auf deinen Scheißdeal!", faucht Smartphone Dackel und Watschenwurm unterstützt seine Aussage schlagkräftig, indem er seine Fäuste an mir versucht.

Dann lässt er von mir ab, weil es an der Tür klopft und schaut Smartphone Dackel verwundert an, während ich Blut auf den Boden spucke. „Nun mach schon auf. Vielleicht ist es Rienzi.", sagt er dann zu seinem Kumpan. Die beiden drehen mir den Rücken zu und versperren mir damit die Sicht. Watschenwurm öffnet die Tür.

„Hallo, hier sind ihre Getränke, dreimal Wasser fürs Hinterzimmer.", höre ich Hazels sanfte Stimme und zerreiße vor Schreck fast die Fesseln, die mich auf diesem Stuhl festhalten. Was tut sie hier? Kashkak, was tut sie hier! Ich habe ihr doch gesagt, dass sie bei dem Gläubigen bleiben soll. Sie hat hier nichts verloren.

„Wir haben nichts bestellt, du Schlampe. Verschwinde! Sofort!", verlangt Watschenwurm grob und ich kann nur hoffen, dass sie tut, was er sagt. Tut sie aber nicht, sie verliert ihren Verstand und widerspricht.

„Nein. Ich bin mir sicher, dass ich das hier abliefern soll. Probieren sie doch, das Wasser ist erfrischend.", sagt sie stattdessen, dann wird es hektisch, denn offenbar schüttet sie Watschenwurm das Wasser ins Gesicht, dann schreit er hysterisch und fängt an zu dampfen. Dass überrascht ihn und mich gleichermaßen.

Weihwasser, wo hat sie das her? Woher weiß sie davon? Ohne lange nachzudenken, schnappt sich die kleine, gerissene Hexe das nächste Glas und wirft den Inhalt Smartphone Dackel entgegen, der auf sie zuspringt.

Der gewünschte Effekt tritt ein, auch er johlt heulend auf und krümmt sich gepeinigt zusammen, während von seinem Leib Rauch aufsteigt und mir sticht der Kopf schmerzlich, weil ich mir ein Grinsen über ihre dumme Waghalsigkeit nicht verkneifen kann und reiße mich in dem Moment los, als Watschenwurm auf sie losgehen will.

„Lass deine dreckigen Finger bei dir!", knurre ich, packe ihn am Kragen und schleudere ihn von mir. Ein paar seiner Haare bleiben an meinen Knöpfen zurück. „Dafür bezahlt ihr!", knurrt Smartphone Dackel und jagt mir eine Klinge in den Leib. Leider raubt mir der Stoß in die Rippen für einen kurzen Moment die Kontrolle und zumindest meine Tarnung bricht zusammen.

„Kashkak! Es ist Dash!", erkennt mich Smartphone Dackel natürlich sofort, aber lenkt damit freundlicherweise Watschenwurms Aufmerksamkeit auf mich, denn er wollte gerade auf meine kleine Hexe losgehen, die mit schreckensweiten Augen an die Wand zurückweicht, das letzte Glas Weihwasser fest in ihrer Hand.

Ihre Augen spiegeln Panik und Entschlossenheit wieder. „Wow, du kennst mich! Wie überraschend.", sage ich süffisant, breche ihm das Genick und reiße ihm sein schwarzes Herz aus der Brust, um dann festzustellen, dass es seine Leber war. Egal. Schickt ihn dennoch nach Hause. Als ich mich wieder an Watschenwurm wende, ist er verschwunden. Sorgfältig berge ich seine Haare, um ihn später aufspüren zu können.

„Er hat sich in Luft aufgelöst.", murmelt Hazel, die im nächsten Moment kalkweiß wird, das Glas fallen lässt und zusammenbricht, weil das alles wohl ein bisschen viel für einen Menschen ist. Ich fasse nach ihrem Körper, noch bevor sie auf dem Boden aufkommt, diese dumme unglaublich waghalsige Hexe, und teleportiere uns in unsere Suite.

Sie ist gekommen, um mich zu retten. Hat sich dieser tödlichen Gefahr für mich ausgesetzt. Das hat noch nie jemand für mich getan und ich bin wirklich schon lange hier. Ihre blinde Aktion zwingt mich, sie erneut mit anderen Augen zu sehen.

Als ich im Hotel ankomme ist auch ihre Tarnung verschwunden. Hazel hat es geschafft mich zu beeindrucken und ich fühle etwas in meiner Brust, was da gar nichts zu suchen hat. Denn die kleine Hexe und ich haben keine Zukunft, ich habe so etwas nicht. Ich habe meine Waffen, meinen angenehm blutrünstigen Job und täglich neue Abenteuer.

Umsichtig lege ich sie auf das große Bett. Urushak weiß natürlich mittlerweile, dass ich in der Stadt bin und das setzt uns einem gewissen Zeitdruck aus. Jedenfalls wäre es sinnlos, länger als unbedingt notwendig in Algier zu bleiben. Aber in diesem Zustand wird sie mir kaum Lust schenken können, um mich zu nähren.

Mein Handy brummt und ich ziehe es aus der Hosentasche. „Ok, Mario! Woher hast du meine neue Nummer!", knurre ich in den Apparat. „Ich bin ein Orakel!" „Ach? Und nach deinem Versagen, versuchst du was gut zu machen?", zische ich ungeduldig.

„Hazel hat mich angerufen. Anscheinend geht es ihr gut bei dir.", sagt er verschnupft. „Ja?", frage ich, weil etwas anderes für mich nie zur Debatte stand, selbst wenn sie gerade das Bewusstsein verloren hat.

„Ich mache mir eben Sorgen um sie. Sie hat so viel durchgemacht, weißt du. Ich will einfach nur nicht, dass sie wieder verletzt wird." „Du hast ihr gesagt, dass uns Weihwasser schadet.", mutmaße ich. „Und ich habe ihr auch gesagt, dass dich das sauer machen würde. Bitte, das musst du mir glauben. Bist du sauer?"

„Mario. Wenn du jemanden zum Reden brauchst, dann ruf die Zeitansage an. Ich habe zu tun.", brumme ich. „Ich weiß, ich will dich auch eigentlich nur warnen.", sagt das Orakel dann. „Du willst mich warnen?", schnaube ich amüsiert.

„Ja. Pass einfach nur auf. Nicht, dass sie sich in dich verliebt und so. Ich meine, man muss kein Orakel sein um zu wissen, dass so eine Beziehung wohl keine Zukunft hätte, nicht wahr? Hallo? Ein Mensch und der Kopfgeldjäger des Teufels…das ist doch absurd. Es ist ja nicht so, dass du ernste Absichten hättest.", kichert er übertrieben und er trifft einen lästigen Nerv damit, der in mir zu ziepen begonnen hat.

„Was geht dich das an?", sage ich kalt, weil ich sicher nicht ein Orakel für meine Seelenhygiene brauche, sondern eher Schnaps und eine Nacht voller triebhafter Vielweiberei. „Hast du die denn? Willst du Hazel zu einer ehrbaren Frau machen? Zu deiner…" Ich lege auf. Ich habe echt wichtigeres zu tun.

Hazel

„Aufwachen, kleine Hexe." Worte kämpfen sich durch eine beruhigende Dunkelheit. „Komm schon. Jetzt hast du dich so mutig in die Schusslinie geworfen, da kannst du doch jetzt nicht schlapp machen." Die Worte klingen dunkel, verheißungsvoll, rau.

Dash - hallt es durch meinen Kopf. „Dumme kleine Hexe.", wispert es in meinen Ohren und ich fühle, wie etwas meine Lippen berührt. Ein Hauch, eine federleichte Berührung. „Du hättest sterben können.", durchdringt mich ein geflüsterter Vorwurf.

Meine Lider flattern und ich sehe direkt in Dashs Eisaugen. „Dash.", hauche ich, als mich schlagartig die Erinnerung einholt. „Wo sind wir?" „Noch in Algier." „Und der entkommene Dämon?" „Hat sicher Urushak gewarnt." „Mist. Dann ist er dir entkommen." „Das weiß ich nicht. Was ich weiß ist, dass wir verschwinden sollten.", antwortet er ernst.

„Warum sind wir dann noch…? Du bist verletzt.", stelle ich fest. „Jap. Ich brauche Energie, kleine Hexe, und eine Dusche." „Ok, dann würde ich gerne nach dir noch kurz ins Bad.", sage ich, weil ich mich auch ziemlich klebrig fühle, auch wenn ich wieder meinen Körper zurückhabe, wie ich erfreut feststelle.

Dashs süffisante Lippen verziehen sich zu einem Grinsen. „Oder wir gehen zusammen ins Bad." Schlagartig wird mein Mund trocken, während seine Worte an anderer Stelle ein Kribbeln hervorrufen. Ich schlucke und nicke schließlich.

„Oder das.", sage ich, mache mich von ihm los und ziehe mir das weite Oberteil über den Kopf. Dashs Blicke verfolgen jede meiner Bewegungen und dank Mario und meinem Job, weiß ich wirklich, wie ein Mädchen die Hüften schwingen muss, um verführerisch zu wirken.

Wenn ich mir diesen besonderen Dämon so ansehe, scheint es auch gut zu funktionieren, denn seine Lippen öffnen sich ein kleines Stück als ich mir die Hose von den Hüften streife und ihm unschuldig meine Rückseite zuwende. Aber wieso will ich ihn eigentlich verführen und wozu? Er hat mir ja ziemlich deutlich gesagt, dass da nichts laufen wird und das ist ja auch richtig so. Andrerseits…Abenteuer ist Abenteuer, oder?

Einen Wimpernschlag später fühle ich seine großen Hände auf meinen Hüften, seine Finger, die meine Mitte umspannen und ich genieße die kribblige Vorfreude, die sein steifer Schwanz plötzlich in mir hervorruft, wenn er an meinem Po liegt.

„Wie bist du an das Weihwasser drangekommen?", raunt Dash und ich fühle seinen heißen Atem an meinem Ohr, der mir Gänsehaut macht, nachdem ich mich gegen seine Leiste gepresst aufrichte. „Ich hab deinem *Gläubigen* die Misbaha gestohlen und es gesegnet." Dashs Lippen gleiten meinen Hals entlang.

„Ich dachte, du bist nicht gläubig.", brummt er dunkel. „Was mir trotzdem drei Jahre Sonntagsschule nicht erspart hat. Immerhin hat das geholfen dich rauszuholen." „Mich gefangen nehmen zu lassen war Teil des Plans, kleine Hexe, nachdem ich festgestellt hatte, dass Urushak nicht in dem Lokal ist." „Oh. Ok. Dann…sorry.", murmle ich angemessen irritiert.

„Wie konntest du ihm das Ding eigentlich klauen?", fragt er, greift nach meiner Hand und nimmt mich mit sich ins Bad. „Taschenspielertricks. Sam, der ehemalige Türsteher der Burlesque Bar, in der ich arbeite, hat sie mir beigebracht."

„Du hast sie ihm gestohlen.", raunt Dash erstaunt, schnippt und die übergroße Mosaik verzierte Badewanne, die den größten Teil des Zimmers einnimmt, ist mit dampfendem Wasser und Schaum gefüllt. „Ja, um dich zu retten – was sinnlos war.", sage ich entmutigt. „Du steckst voller

Überraschungen, kleine Hazel.", brummt er dann anerkennend und zärtlich.

„Aber es hat deinen Plan kaputt gemacht.", sage ich. Seine Augen funkeln listig auf und er zuckt gleichgültig die Schultern. „Du willst nach Hause. Ich habe Zeit, kleine Hexe. Wann ich ihn kriege, ist relativ egal." Ich will nicht nach Hause, ich will – nein! Dass ist doch völlig verrückt! „Ich werde das nächste Mal auf dich hören, versprochen.", nicke ich einigermaßen unsicher und entschließe mich in die Wanne zu gehen.

Das Wasser ist herrlich, die Temperatur perfekt und das Teil groß genug, um drei Schwimmzüge machen zu können, um auf die andere Seite zu gelangen. Als ich mich zu Dash umdrehe ist er mir gefolgt. Sanft schwappt warmes Wasser über mich und spült mir den Schreck aus den Gliedern, den ich heute erlebt habe.

„Es hat mir gefallen, dass du nicht auf mich gehört hast.", raunt er. Mit einem weiteren Schnippen tauscht er das Licht gegen hunderte kleiner Teelichter. Meine Augen gleiten über den Dämon vor mir. Gefahr und Dunkelheit begleiten jede seiner geschmeidigen Bewegungen und mein dummes Herz beschleunigt seinen Takt.

„Dann soll ich unartig sein.", frage ich auffordernd und bin innerlich stolz auf mich, dass ich nicht vor Scham vergehe im nächsten Augenblick, als er seine Braue in die Höhe zieht. „Ich nehme alles von dir, kleine Hazel. Aber fordere dein Glück nicht heraus. Schutzengel mögen mich nicht besonders.", zwinkert er.

Er blutet noch immer aus einigen Wunden. Schmale, hellrote Spuren rinnen über stahlharte Muskeln. Ein Mensch würde sich vor Schmerzen krümmen und elend aussehen. Dash nicht. Stolz und aufrecht steht er vor mir, mustert mich aus blauen, lüsternen Kristallaugen. Die gefährliche Düsternis, die ihn umgibt, verdichtet sich und ich lecke mir gierig über die Lippen, als er sanft nach meinen Knöcheln greift und mich an sich zieht.

Ich greife an seine breiten Schultern und schlinge meine Beine um seine Hüften, als sein Mund auf meinen trifft und seufze an seinen göttlichen Lippen. Küsse ihn, wie ich es meiner Meinung nach für die Aktion in der Teestube verdient hätte, kralle mich in seinen Nacken und sauge mich an seinen Lippen fest.

„Ich dachte, du willst nur schnell duschen!", flüstere ich bebend und genieße es von seinem durchdringenden Blick verschlungen zu werden. „Wenn es dich stört kann ich gerne..." Ich strecke mich an seiner Brust und bekomme seine Hand zu fassen.

„Nicht.", hauche ich und lasse zu, dass er seine Finger mit meinen verschränkt. „Nicht was?", raunt Dash neckend und saugt meine Brustwarze in seinen Mund. Eine hauchzarte mentale Berührung flirrt zwischen meinen Beinen, kitzelt sich in kleinen verführerischen Wellen zu meiner Pussy und Lust flammt in mir auf.

„Hier ist perfekt.", seufze ich abgehackt. Meine Gedanken werden nur noch von einer Sache beherrscht: Begierde. Nur Dash wird sie stillen und das tut er. Ersetzt den mentalen Impuls durch seine geschickten Finger. Liebkost meine Pussy, streicht durch die samtenen Falten und stößt endlich mit seinen Fingern in mich.

Ich bäume mich auf, genieße das Pulsieren, das rasende Gefühl, das er damit auslöst. „Mehr!", keuche ich, „Mehr!", verlange ich und reibe mein Becken wollüstig an ihm. „Dein Wunsch ist mir Befehl, kleine Hexe.", flüstert er an meiner Haut, zieht mit seinen Händen meine Pobacken fast schmerzlich auseinander und dringt in mich ein.

Sein praller Schwanz dehnt mich, drängt tiefer, immer tiefer in mich und füllt mich aus. Ein zufriedenes Knurren bringt seinen Brustkorb zum Vibrieren. Ein Stöhnen entkommt meiner Kehle, als er meine Hüften pack und mich genüsslich fickt.

Seine Gier nach mir ist fühlbar. Er gibt mir das Gefühl alles für ihn zu sein, die Einzige, der er es jemals gegeben hat. Ich presse mich an seine harte Brust und versinke in der Leidenschaft, die mir dieser höllisch heiße Dämon bereitet.

Ich fühle nicht, wie die Welt um uns herum sich auflöst, ich fühle nicht, wie wir uns auflösen, ich fühle Dashs Schwanz, der sich tief in meinen Leib bohrt, seinen mentalen Reiz an meiner Klit und sein schlanker, langer Finger, der meinen Damm entlangstreift, zärtlich meine Rosette umspielt und in meinen engen Anus eindringt.

Raue Lust explodiert in mir, reißt mich in die Düsternis und mein Orgasmus überrollt mich.

Dash

Als wir uns auf meinem Bett tief im Schwarzwald wieder materialisieren, zieht sich ihre Pussy schmerzlich eng um meinen Schwanz zusammen - sie kommt noch immer. Überflutet mich mit Lust und nährt mich. Gibt mir Energie. Gibt mir Kraft und bringt mich zum abspritzen.

Sie reagiert mit einem kleinen Wimmern, als ich meinen Finger aus der köstlichen Enge ihres geilen Arsches gleiten lasse und ihr Unterleib zieht sich krampfartig zusammen. Hält mich in ihr, hält mich dort fest, wo ich mich für immer verlieren möchte.

Ich weiß nicht mehr mit wie vielen Wesen ich es seit Anbeginn der Zeit getrieben hatte, aber keines wollte ich so sehr, wie die kleine Hexe unter mir. Ich will sie besitzen, markieren, sie mir für die Ewigkeit untertan machen und an mich fesseln und für einen kleinen Moment vergesse ich, dass das niemals passieren darf.

„Ma' kissha.", rollt mir leise ein uraltes Geständnis über die Lippen, bevor ich es verhindern kann und ich überrasche mich damit. Das hier läuft grundlegend falsch – grundlegend!

Während ich mich aus ihr zurückziehe, küsse ich sie sanft und lege mich neben sie. Ihre Atmung wird regelmäßig und ihr Herzschlag beruhigt sich. Ihren Mund umspielt ein zufriedenes Lächeln und sie schlägt die Augen auf. Dann holt sie die Realität ein.

„Wo sind wir?", keucht sie und ich widerstehe dem Drang mit *zu Hause* zu antworten. Das hier ist nicht mein zu Hause. Die Hölle ist mein zu Hause, das hier ist nur ein Safe - Haus. Mein Rückzugsort. Mehr nicht! Was also würde mich dazu veranlassen es mein zu Hause zu nennen?

„Im Schwarzwald.", antworte ich ihr. „Hm...zu Hause.", seufzt Hazel und lässt sich tiefer in die Kissen gleiten. „Es ist nur ein Safe Haus.", höre ich mich brummen und es klingt leer. „Ich finde es gemütlich. Für einen Dämon hast du einen guten Geschmack.", lobt sie mich und kuschelt sich dichter in meine Arme.

„Ach? Woran machst du das fest? An dir, kleine Hexe?", necke ich sie. „Unter anderem.", schnaubt sie amüsiert und schließt die Augen. „Bist du müde?" „Nein. Nicht mehr." Ich sollte telefonieren. Ich sollte Luc informieren, über den derzeitigen Stand meiner Operation.

Ich sollte in meinem Arbeitszimmer stehen und nach Urushak suchen oder Algier mit bloßen Händen auseinandernehmen, um ihn endlich zu finden. Aber ich kann nicht. Noch nicht. Ich muss noch einen Moment bei ihr liegen. Ihren Duft atmen, ihre warme Haut fühlen und mich von ihrer Menschlichkeit faszinieren lassen.

„Du hast heute dein Leben über meines gestellt, kleine Hexe. Ich stehe tief in deiner Schuld.", murmle ich, als mich ihr funkelnder, dunkelgrüner Blick trifft. Ich sollte ihr das nicht sagen, aber ich kann es nicht aufhalten. Kashkak! Wenigstens hat sie den Schwur vorhin nicht verstanden oder gar nicht mitbekommen. Mir ist beides recht.

„Schon gut. Ich wollte…ich wollte nicht ohne dich nach Hause gehen.", erklärt sie leise und ihr straffer Körper spannt sich kurz an. „Du hast selbst gesagt, dass ich mich an dich gewöhnen werde. Wie es scheint, stimmt das.", setzt sie hinzu und ihre Stirn zieht sich zusammen.

„Was ist Hazel?", frage ich. „Nichts. Schon gut.", brummt sie. „Du musst mich nicht belügen." „Das weiß ich.", nickt sie und schweigt und einfach so vergeht der intime Moment und ich kann noch nicht einmal sagen, woran es liegt. Dennoch bin ich mir sicher, dass ich ihn zerstört habe.

„Stell mich zu ihm durch, Belial.", verlange ich unnachgiebig. „Was bin ich? Dein verfluchter Lakai, Dash?", donnert seine Stimme und bringt damit das kleine Soundsystem in meinem Smartphone zum zischen und kochen.

Elektronische Boxen sind nicht gemacht für die Tonlagen und Frequenzen, in denen manche Dämonen sprechen, wäre nicht das erste Handy, dass deswegen ersetzt werden muss. „Du hast versagt. Er wird sich bei dir melden.", rauscht und krachtes.

„Ich habe nicht versagt. Urushak war nicht da." „Dann wird der Infomensch sterben. Deine Verbindung ist schlecht. Warum nutzt du dieses menschliche Ding und nicht einen Mönch?" „Ich hatte keinen zur Verfügung. Stellst du mich jetzt zum Boss durch?", grummle ich, öffne eine Flasche mit bernsteinfarbenem Inhalt, den ich als Branntwein identifiziere, und nehme einen Zug aus der Flasche.

„Er ist beschäftigt. Verhöre. Er dankt dir für den Krishtur. Wir melden uns.", zischt und brummt es durch den Lautsprecher, dann wird die Verbindung unterbrochen. Verdutzt starre ich auf mein Handy. Also ist Luc wohl so genervt, dass nur noch ein Ergebnis zählt.

Ich teleportiere mich in den Keller, direkt in mein Verließ. Die Haare von Watschenwurm erscheinen neben einem Mörser und weiteren Utensilien auf dem Tisch. Ich vermische alles und reichere es mit meiner Macht an, bis kleine purpurne Wölkchen aufsteigen.

Dann nehme ich mir meine Klinge und schneide mir in die Hand. Mit einem kurzen Befehl, rufe ich Watschenwurm direkt auf den vorbereiteten Stuhl in der Mitte meiner Dämonenfalle. Meiner Dämonenfalle. Keiner will dort landen. Sie ist endgültig.

„Was zur Hölle…", donnert er wütend und brüllt wild auf, als er checkt, dass er sich nicht wegbewegen kann. „Herzlich Willkommen.", brumme ich süffisant. „Dash!", faucht Watschenwurm. „Wie konntest du mich rufen? Du kennst meinen Namen nicht!" Ich runzle die Stirn. „Du bist wirklich so dumm, wie du aussiehst.", antworte ich trocken.

„Daher werde ich meine Erklärung kurzhalten: Ich – Fragen; Du – Antworten. Verstanden?" „Wenn du denkst, dass ich auch nur…", sein Geschrei unterbricht ihn, weil ich ihm mental seine Unterschenkel zweifach breche. Bei manchen unserer Spezies sitzen an der Stelle lebenswichtige Organe, bei Watschenwurm wohl nicht. Glück für mich.

Ich mustere die Knochen, die aus den Wunden staken und lausche seinem verebbenden Gejammer. „Erbärmlich.", kommentiere ich dann enttäuscht. „Zu meiner Frage: Wo ist Urushak." Watschenwurm presst die Lippen fest aufeinander.

Bedächtig gehe ich einen Schritt auf ihn zu. Das gibt ihnen Hoffnung, denn sie denken, dass ich in meine eigene Falle tappen könnte. „Antworte!", belle ich im nächsten Moment unvermittelt. Eine Dämonenklinge findet ihren Weg in meine Hand und ich stoße sie Watschenwurm in den Bauch. Er schreit, er jault, aber er will noch nicht reden.

Er verzieht seine Lippen zu einem höhnischen Grinsen. „Ich sag dir gar nichts und jetzt kannst du hier mit mir versauern. Das war's dann wohl mit dem berühmten Dash- Effekt.", keucht er siegessicher, weil ich neben ihm stehe. Grienend drehe ich die scharfe Klinge in seiner Wunde. Sein warmes Blut läuft mir über die Hand und der Raum füllt sich mir Leid.

„Dash? Wo bist du? Dash?" Ich höre die kleine Hexe oben nach mir rufen. „Na, wenn du dir da so sicher bist, kannst du mir doch auch sagen, wo dein Boss, dieser Rub'us'shuk, sich aufhält.", locke ich ihn, ziehe das Metall ein Stück heraus und wühle mit dem Stahl wieder durch den Leib von Watschenwurm. Er stößt einen gequälten Schrei aus. „Rede!", befehle ich.

„Dash?" Ihre Stimme bringt mich aus dem Konzept. „Du wartest hier.", sage ich arrogant, ziehe die Klinge aus seinem Leib und richte mich auf.

„Dash!" „Was ist, Hazel?", brumme ich, als sie um die Ecke in den Flur tritt der zu meinem Arbeitszimmer führt, in den ich mich teleportiert habe. Selbst wenn sie hineingegangen wäre, hätte sie den Kellerzugang niemals entdeckt.

„Wo warst du?" „Arbeiten, kleine Hexe." Zweifelnd mustert sie mich. „Dash. Spukt es hier?" „Warum?" „Weil ich wieder jemanden hab schreien hören." „Dann spukt es hier.", antworte ich grinsend, aber Hazel gewinnt an Selbstvertrauen.

Sie verliert ihre Scheu vor mir und versucht mich zu verführen und sie ist längst nicht so schüchtern und ängstlich, wie ich zuerst dachte, was sie leider kein Stück weniger bezaubernd macht. „Ach? Nur dann?", hakt sie nach, dann kneift sie ihre Augen zusammen, weil sie das Blut auf meinem Shirt entdeckt hat.

„Du hast jemanden im Keller! Es ist noch jemand hier.", sagt sie dann bestimmt und ich beobachte sie, warte auf Furcht in ihrem Blick oder Abscheu. Allerdings sehe ich verstohlene Neugier, Interesse und die Bestürzung darüber.

„Wer ist es?", fragt sie und ballt ihre zarten Hände, dass die Knöchel weiß hervortreten. „Willst du nicht lieber Fernsehen? Etwas essen? Lesen?" „Lesen? Nein. Ich will wissen, was du da treibst, Dash. Ich will es sehen!", verlangt sie entschlossen und meine Mundwinkel zucken. „Ich bin mir sicher, dass du das nicht willst, kleine Hexe.", brumme ich.

Stolz richtet sie sich auf, macht einen Schritt auf mich zu „Ich. Will. Es. Dash!", verlangt sie erneut und tippt mir bei jedem Wort an die Brust. „Na gut, sture kleine Hexe.", knurre ich, ziehe sie in meine Arme und bringe uns ins Verließ.

„Wie du willst, aber sei vorsichtig und beantworte seine Fragen nicht.", raune ich in ihr Ohr und drücke meine Lippen unauffällig an ihre Schläfe. Ein Beben geht durch ihren Körper, als ihre Augen den Dämon in der Mitte des Raums finden.

„Wie großzügig, Dash, du bringst mir deine Hexe, um mich zu heilen.", grient er und mustert Hazel dabei gierig. Zu gierig, aber das spürt er schnell, als ihm im nächsten Moment meine Faust seine Nase zu Brei zerschlägt.

„Sie hat dich nicht zu interessieren. Nur meine Fragen sind wichtig.", erinnere ich ihn. Er schnaubt und schüttelt sich. „Ok, ok. Ich sag dir, wo mein Boss ist und du sagst mir wie du aus dieser Scheißfalle herausgekommen bist.", versucht er es plump.

„Du sagst mir wo dein Boss ist und ich schenke dir einen gnädigen Tod. Muss ich Zeit investieren und dir das Geständnis von deiner schwarzen Seele kratzen, werde ich dich zerreißen. Du wirst nicht zurück zur Hölle fahren, es wird vorbei sein. Endgültig.", erkläre ich ruhig.

„Also. Zurück zur Sache, wo ist Urushak?", knurre ich und Watschenwurm presst wieder seine Lippen aufeinander. „Rede!", befehle ich, die Dämonenklinge erscheint in meiner Hand, als die andere ihm das Hemd zerreißt. Der verfluchte Stahl tanzt über seine Haut und hinterlässt eine blutig - glühende Spur.

Er schreit gepeinigt auf, Hazel macht einen Schritt zurück, aber hält ihre Augen eisern auf der Szene. „Du dreckiger Wurm aus den Stiefeln Balthasars, ich sage gar nichts!", knurrt mich Watschenwurm an. „Löblich. Sehr löblich.", sage ich verständnisvoll und drehe ihm den Rücken zu.

Während ich meine kleine Hexe amüsiert mustere, schnippe ich.

Hazel

Das Gebrüll des Kerls ist ohrenbetäubend, als Dash ihm einfach so den Arm mehrfach bricht. Langsam höre ich Knacken für Knacken, das platzen von Sehnen, das zerreißen von Fleisch, während seine Eisaugen auf mir liegen, mich studieren, während der Dämon hinter ihm wild brüllt. Mir wird kalt, mir wird schlecht, aber ich halte seinem Blick stand.

Dash hat irgendwie den Dämon gefasst, der in Algier in dem Hinterzimmer auf mich losgehen wollte. Was er von ihm will, wird mir schnell klar. „Also, du Verräter? Tu' endlich das, wozu du gut bist und *verrate* mir etwas!", befiehlt Dash und baut sich bedrohlich vor dem Dämon auf.

„Ok. Ok. Ich verrate dir etwas: diese Visage ist noch hässlicher, als die, die du in Algier angelegt hattest.", knurrt der Dämon Dash an und ich denke mir, dass das so richtig dumm war. War es, denn Dashs große Fäuste schlagen schnell und hart auf den Dämon ein.

Als er fertig ist, sehe ich die Klinge in seiner Hand schimmern. „Falls du die Frage vergessen hast, Abschaum: ich will wissen, wo Urushak ist?", faucht Dash und die Dunkelheit in dem kleinen Zimmer scheint anzuschwellen. Die Schatten in den Ecken wachsen auf Dash zu und, auch wenn ich bis jetzt nicht wusste, wie Gefahr schmeckt, jetzt weiß ich es.

Aber ich habe mich entschieden, dass ich das sehen will, also kann ich jetzt schlecht kneifen. „Vielleicht in Algier. Vielleicht in Chicago oder Prag. Wer weiß das schon.", zischt der Dämon und sein Blick fällt auf mich. „Wenn ich hier rauskomme, Hexe, dann gehörst du mir.", verspricht er mir begleitet von einem blutigen Spuckenebel.

Ich unterdrücke ein angewidertes Keuchen und schlucke meine Angst hinunter. Schließlich bin ich ja nicht irgendjemandes Hexe. Ich bin Dashs kleine Hexe. „Vielleicht darfst du mir beim Tanzen zusehen, wenn Dash dich kalt macht.", raune ich und ich weiß nicht woher ich den Mut nehme, um so etwas zu sagen.

Dash auch nicht, so überrascht wie er mich ansieht. Ich strecke meinen Rücken noch ein Stück mehr durch. „Du wirst ihn doch töten, Dash?", frage ich dann mit einem Hauch Unschuld in der Stimme. Ich schlüpfe in eine Rolle. Ich fühle mich wie Buffy, diese Vampirjägerin, wie Xena – wie Momo!

Dash mustert mich amüsiert. „Stell dich dorthin, Hexe. Wo ich dich im Blick habe.", verlangt er und weist mit dem Kinn auf einem Punkt hinter dem Opfer. „Und sei so gut und bringe das Weihwasser mit, dass auf dem Tisch steht.", ergänzt er. Die Flasche erscheint in dem Augenblick, als ich an dem Tisch vorbeikomme.

„Und jetzt zu dir, Abschaum. Da du nicht reden willst, werden wir uns jetzt Stück für Stück überlegen, welche Teile wir dir zuerst aus dem Leib reißen oder ätzen werden.", sagt er im Plauderton und bricht dem Dämon den anderen Arm.

Es gefällt Dash. Es gefällt ihm, wie ich mich verhalte. Allerdings bin ich mir nicht sicher, wieviel Schrecken ich aushalten kann, wie viele Schreie. Allerdings bin ich festentschlossen, es herauszufinden.

Ich halte ihm die Flasche entgegen, aber er schüttelt den Kopf. Seine Eisaugen sagen mir „Noch nicht!" - dann wird's hässlich. Die Luft in dem kleinen Raum wird drückend warm. „Sprichst du meine Hexe noch einmal an, Abschaum, wird sie dir zu trinken geben, verstanden?"

Ich schlucke, weil ich mir sicher bin, dass ich das nicht könnte, als Dash seine Hand an den Brustkorb des Dämons presst und der Kerl von innen heraus zu Leuchten anfängt. Ich weiß nicht was er tut, aber seine Augen werden so gefühllos, dass das Blau darin zu einer bedeutungslosen Farbe verkommt, während er den Dämon leiden lässt.

Meine Knie schlottern. Unter den metallischen Geruch von Blut mischt sich der faulige Gestank von verbranntem

Fleisch und das Geschrei wird so fürchterlich, dass ich mir die Hände auf die Ohren pressen will. „Urushak! Wo ist er?", bellt Dash und alle Härchen an meinem Körper richten sich gleichzeitig auf.

Ich fühle den unbändigen Drang etwas gestehen zu müssen, nur damit er aufhört. Fest knalle ich meine Zähne aufeinander und spanne alle Muskeln in meinen Körper an. Dann lässt Dash endlich von dem Dämon ab. „Das war erst der Anfang, Abschaum. Erst der Anfang.", grinst mein Dämon den anderen freundlich an.

„Wo ist Urushak?", wiederholt Dash unnachgiebig. „Er – er…" „Ja? Komm schon. So widerlich loyal bist du nicht." Anscheinend hilft das nicht den Dämon davon zu überzeugen weiterzureden. „Hexe." Verschreckt schaue ich zu Dash, als er mich ruft.

In seinem Blick steht ein *ich hab dich doch gewarnt*, das ich versuche zu ignorieren. „Dash?", antworte ich leise. „Sei bitte so gut und kippe unserem Freund hier etwas von dem Wasser über den Kopf. Er sieht aus, als könnte er eine Abkühlung vertragen.", fordert er mich auf.

„…er – ist…", presst der Dämon hervor, als ich mich keinen Zentimeter bewege. „Na? Hast du mir doch etwas zu sagen, Abschaum?", fragt Dash interessiert und mustert mich dabei eindringlich. Etwas zupft an mir, lockt mich, löst meine Anspannung und ich mache einen Schritt auf die beiden zu, meine Finger öffnen den Deckel der Flasche und Dash nickt bedächtig, als mir klar wird, dass ich das selbst bin, dass ich das machen will.

„Langsam, kleine Hexe, tu es langsam.", befiehlt er mir leise und ein Schauer jagt meinen Rücken hinunter, als ich die Flasche hebe und dem gefesselten Dämon vor mir bedacht das Wasser auf den Kopf fließen lasse.

Wie schon in Algier fängt der Typ an zu dampfen und hysterisch zu schreien. Seine Haut reißt auf, verbrennt auf seinen Knochen. „Das genügt.", brummt Dash und lehnt sich dichter an den Dämon. „Also? Meine Antwort? Wo ist dein Boss?"

„Wann willst du aufbrechen?", frage ich, als Dash im Wohnzimmer erscheint. Ein Zittern rast durch meinen Körper. „Morgen, kleine Hexe.", antwortet er mir und sieht mich nachdenklich an. Der Dämon, den Dash unten in dem Verließ festgesetzt hat, hat letztlich aufgegeben und wir wissen, dass Urushak ein Versteck in Budapest hat, in das er sich zurückgezogen hat. Als Dash alles wusste, was er wissen musste, hat er den Typen erledigt.

Der Schock über das, was ich gesehen habe, was ich getan habe, weil ich selbst es so wollte, sitzt tief, das habe ich gemerkt, als ich nach dem Erlebnis zitternd und würgend unter der Dusche stand und versucht habe, dieses furchtbare Abenteuer aus meinem Gedächtnis zu waschen, aber das kann ich nicht zugeben.

Etwas ist mit mir passiert in dem Verließ. Und es hat nichts mit der schrecklichen Brutalität und dem Geschrei zu tun– das war einfach nur blanker Horror. Aber es lief auch alles wie in einem Film ab und wir – waren die Guten. Der Typ etwas anderes.

Nichts von der Folter ist mir so tief im Gedächtnis geblieben, wie Dashs Augen. Wie sie mich angesehen haben, gefangen genommen haben. Das eiskalte Funkeln darin. Die Bewunderung und Zärtlichkeit, die ich darin erkannte, als er mich ansah, weil ich dem Dämon Schmerz bereitete.

Ich habe mich an der Kälte seines düsteren Blicks verbrannt, bin darin versunken und fühlte eine verwerfliche dunkle Begierde. Ich fühlte – Lust. „Ich kann dir die Erinnerung nehmen, wenn du das willst.", sagt er dann ruhig. „Du – was?"

„An die Stunden im Keller. Die Folter." Seine süffisanten Lippen kräuseln sich. „Das musst du nicht. Irgendwann werde ich schon drüber hinwegkommen.", lüge ich

116

schwach. „Es hat dich mitgenommen. Ich hätte es dir nicht gestatten sollen.", stellt er fest.

„Ich wollte es.", gebe ich zu. „Warum hast du es getan?" „Weil du stur bist, kleine Hexe, und – weil es eben zum Job dazugehört." „Und es gehört zum Job, dass deine Hexe mitfoltert?"; frage ich trocken und öffne schnell wieder die Augen, weil ich den Fehler gemacht habe, sie kurz zu schließen und mir das unangenehme Bilder von den letzten Stunden aufdrängt.

„Nein. Aber es ist kein Fehler, wenn eine anwesend ist.", zwinkert er kalt und kommt geschmeidig auf mich zu. „Ich werde es dich vergessen lassen.", sagt er dann entschlossen und irgendwie wehmütig und legt seine Hand an meine Stirn. „Nein!", keuche ich auf und meine Finger schließen sich um sein Handgelenk.

„Nein, Dash. Das will ich nicht.", wiederhole ich ernst. „Du bist nur ein Mensch. Du solltest nicht ertragen müssen, was heute geschehen ist. Es war mein Fehler.", brummt er. Vorsichtig ziehe ich meine Stirn zurück. „Aber es ist geschehen und ich will es weiterhin wissen." „Ich verstehe dich nicht, kleine Hexe.", raunt er und streicht eine meiner Strähnen zurück.

„Warum solltest du dich erinnern wollen?" „Weil – weil es sicher in ein paar Wochen oder Monaten seinen Schrecken verliert.", murmle ich und starre auf meine Hände. Hände, die heute einen Dämon gefoltert haben, um an Informationen zu kommen. „Irgendwie fühle ich mich sogar ein bisschen – stolz.", gestehe ich leise und unterdrücke das Zittern meiner Finger.

„Das kannst du auch sein, kleine Hexe. Du kannst stolz auf dich sein.", versichert mir Dash und setzt sich zu mir. „Außerdem hat er mir gedroht. Das war ein Fehler.", ergänze ich dann. „Jap. Ein großer." „Dash?" „Was ist?" „Würdest du mich mit Mario sprechen lassen?"

Seine Stirn zieht sich zusammen. „Mit dem Orakel? Warum?" „Er ist mein Freund. Ich muss mit jemanden reden."

„Rede mit mir." „Hast du mich beeinflusst? Da unten in dem Verließ?" „Nein." „Das war alles ich?" „Sieht so aus. Wo ist das Problem?" „Es – es…"

„Na los, kleine Hexe, gestehe. Du hast gesehen, was ich mit Kreaturen anstelle, wenn sie nicht reden.", brummt er und grinst sacht. „Nein. Ich will erst mit Mario reden." Dash lehnt sich entspannt zurück und schnippt mir etwas zu Essen auf den Tisch.

„Es hat dir gefallen und dafür schämst du dich." Leider trifft er damit den Nagel auf den Kopf. „Ja.", hauche ich. „Das musst du nicht. Es ist nicht unüblich.", antwortet Dash mir.

„Das ist nicht normal." „Es ist unmenschlich.", sagt er so wertfrei, dass ich irritiert nicke. „Es ist ein Trieb, kleine Hexe. So wie Lust." Ein mentales Streicheln an meinen Hüften folgt, dass mich sofort elektrisiert. „Wie Lust? Hat dich die Folter hungrig gemacht?", frage ich.

Das Streicheln verschwindet in meiner Hose. „Nein. Das Leid des Dämons hat mich ausreichend genährt. Ich will dich einfach so ficken.", gesteht er und Hitze wühlt sich durch meinen Körper. Dann erstarrt Dash. „Aber vorher muss ich telefonieren.", sagt er plötzlich ernst, zieht sich von mir zurück und löst sich einfach so in Luft auf.

Mein Blick fällt auf sein Smartphone, dass ihm aus der Hosentasche gerutscht ist.

Dash

„Belial hat gesagt…" „Luc! Es ist mir egal, was dieser Schleimscheißer sagt.", unterbreche ich den Boss. „Das Quartalsende ist fast erreicht und du hältst mich noch immer mit Urushaks Handlangern hin!", faucht der Boss ungehalten und ich frage mich, was vorgefallen ist, denn er ist eindeutig gereizter als sonst. „Aber ich bringe sie dir, Luc, Seele für Seele. Urushak hat ein Versteck in Budapest. Dorthin hat er sich angeblich zurückgezogen."

„Das wird aber auch Zeit! Was ist los mit dir, Dash?" „Wie ich sagte: er war nicht in Algier. Die Informationen falsch." „Meine Informationen sind nie falsch! Ich bin Luzifer! Herrscher der Hölle, der Morgenstern, Gottes Liebling, Papas größte Enttäuschung, blabla. Liegt es nicht eher an der Begleitung die du hast? Ein Vöglein hat mir gezwitschert, dass du eine Hexe bei dir hast."

Kashkak, dass musste ja passieren. „Ein Vöglein? Du meinst einer der Idioten, die ich dir zurückgeschickt habe.", brumme ich. „Sie scheint dich abzulenken, also ist sie unbrauchbar." „Sie ist nicht – unbrauchbar.", knurre ich und sehe förmlich, wie der Boss, die Brauen in die Höhe zieht, weil ihn diese Reaktion überrascht.

„Also hat sie große Macht." „Ja.", antworte ich gedehnt und kratze mich am Hinterkopf, weil Hazel das tatsächlich hat. Große Macht über mich. „Das Konvent weiß allerdings nichts darüber, dass eine mächtige Hexe dich begleitet.", sagt Luc dann beiläufig und ich balle die Hände zu Fäusten.

„Sie ist keine Hexe. Sie ist ein Mensch." Ich höre den Boss nach Luft schnappen, weil wir uns eigentlich nicht von Menschen nähren sollten, weil wir Gottes erlesenes Werk nicht in unsere Welt ziehen sollten. „Ich sagte, dass in New York ein Fehler passiert ist.", erinnere ich Luc und weiß schon, was als Nächstes kommt.

„Das war vor fast einer Woche!" „Ja, ich weiß, Luc.", gebe ich zu. „Wenn sie ein Mensch ist, wie kann sie dann

große Macht haben?" „Sie besitzt Mut, Ehre und Güte."
„Also ist sie eine Schwachstelle? Lass sie verschwinden."
Das kann ich nicht, ich weiß, ich muss, aber nach heute, gerade nach heute – kann ich das noch nicht.

„Sobald der Job erledigt ist.", brumme ich, weil ich an ihr in dem Verließ etwas erkannt habe, dass mich überwältigt hat, dass mich aufgebrochen und berührt hat. Sie ist davor zurückgeschreckt und ebenso ich. „Du lässt sie verschwinden! Sofort!"

„Wenn mir Urushak in Budapest wieder entkommt, bringe ich den Menschen nach Hause. Keinen Moment früher.", erwidere ich lässig und der Boss schnaubt, überlegt, schweigt. „Das passt überhaupt nicht zu dir." „Jap.", gebe ich zu.

„Du hast sie unter deinen Schutz gestellt?", brummt er schließlich und ich seufze Innerlich. „Dash? Du hast Vaters wertvolles Spielzeug doch unter deinen Schutz gestellt?", fragt Luc eine Spur schärfer. „Jap.", nicke ich. „Ihr wird nichts geschehen." „Ich verlasse mich auf dich, Dash!" „Ich weiß, Luc." „Gut. Dann erledige endlich den Job."

„Natürlich Boss." „Dash? Du bringst den Menschen nach Hause und löschst sämtliche Erinnerungen, haben wir uns verstanden? Ich kann mir keinen Zwischenfall leisten. Nicht dieses Jahrhundert. Also enttäusch mich nicht, sonst bleibt die Seele deines Sohnes bei uns." „Das werde ich nicht Luc.", verspreche ich, versuche mich zu konzentrieren.

Zu konzentrieren darauf, dem Teufel nicht zu sagen, dass er sich zum Teufel scheren kann, weil meine kleine Hexe nie mehr irgendwo hin gehen wird, ohne mich an ihrer Seite zu haben. Aber das tue ich nicht, weil die Verbindung abreißt.

Ich will etwas zerstören. Zerreißen. Endgültig vernichten.

Hazel

Ma' kissha, sagst du? Ach du liebe Zeit…, hallen Marios entsetzte Worte in mir nach, nachdem ich ihm erzählt hatte, dass Dash mir das auf henochisch zugeraunt hat beim Sex, denn – ja – als Dash nicht gleich zurückkam, konnte ich nicht widerstehen und habe Mario von seinem Handy aus angerufen.

Du hast geholfen einen Dämon zu foltern und es hat dir gefallen? Du böses, böses Mädchen, Hazel… Ich sagte ihm, dass ich das nicht lustig fände und mein Freund bestätigte mir auch, dass es nicht komödiantisch gemeint war. Mario erklärte mir aber auch, dass es wohl an Dashs düsterer Ausstrahlung liegt und weil er mir gefällt, wollte ich ihm gefallen.

Aber das ist es nicht. Ich habe mich in Dash, den Dämon, den gefallenen Engel, verliebt und das, genau das hätte nicht passieren sollen. Was es allerdings längst ist, denn ehrlicherweise hat mich dieser düstere, muskulöse Mann, mit seinen Eisaugen und seinem wilden, schwarzen Haar leider von Anfang an fasziniert.

Mist! Warum konnte er nicht einfach ein gutaussehender Mensch sein? Ein Anwalt vielleicht oder ein Arzt. Irgendwas Normales?! Weil ich ihn dann niemals an mich herangelassen hätte. Wie hätte er mich denn auch finden sollen? In New York. In meiner Wohnung.

Dash selbst hat mir noch erklärt, dass das zwischen uns nur ein Abenteuer ist. Nur Sex. Mehr eben nicht. Es hat ja auch keine Zukunft! Ich seufze schwer und atme tief durch. Die Pasta, die Dash mir vorhin her geschnippt hat, ist kalt.

Unzufrieden stopfe ich mir eine Gabel in den Mund. Eigentlich müsste ich aufstöhnen, weil die Pasta auch so noch göttlich ist. Aber für mich schmeckt sie in diesem Augenblick bitter und nach Einsamkeit. Der Einsamkeit einer Singlefrau im besten Alter, die Keinen abbekommt.

Und das trotz Dashs tiefen Blicken, seinen zärtlichen Berührungen, seinem heiligen Schwur, den er mir zugeraunt hat. Denn laut Mario bedeuten diese Worte frei übersetzt und weil er mich nicht unter Druck setzen will, Ewig der Deine. Worte, die ein übersinnliches Wesen eigentlich nicht leichtfertig so dahinsagt und sicher kein Abenteuer.

Worte von denen Mario nicht geglaubt hat, dass mein EFM sie überhaupt kennt. Er fing an zu mutmaßen, dass ich Dash wohl sehr wichtig sein muss und für mich fühlen könnte. Daher hat er als nächstes darüber lamentiert, wie Dämonen Liebe empfinden und das so eine Geschichte wohl ziemlich final sein soll.

Ich habe kein Wort verstanden, außer dass es wohl insgesamt leidenschaftlicher zugehen soll. Irgendwie ursprünglicher und animalischer eben. Als es dann – seltsam – wurde, habe ich ihn unterbrochen und mit dem nötigen Ernst angelogen, dass ich sicher nicht in einen Dämon verliebt bin und er sich das ohnehin alles sparen kann.

Energisch kaue ich auf den Nudeln herum, die sich wie Gummi anfühlen, weil das so ja nicht ganz stimmt. Mist. „Schmeckt es nicht?", raunt Dash und ich fühle, wie er seine Hände auf meine Schultern schiebt. Seine Wärme strömt durch meinen Körper und ich fühle, wie ich mich entspanne. „Nicht so richtig.", gebe ich zu. Seine Finger fahren mir den Nacken entlang und massieren mich sanft.

„Hör zu, Hazel. Du musst nicht stark sein. Ich will nicht, dass du die ganze Zeit an das denkst, was unten im Verließ geschehen ist." Ich seufze leise. „Ich habe nicht daran gedacht. Wie war das Telefonat?", lenke ich ihn ab.

„In Ordnung.", brummt er und grinst irgendwie verkniffen. „Es hat dir die Stimmung verhagelt." „Ja, so kann man es sagen.", gibt er zu und schnaubt. „Dann war Luzifer wohl sauer, weil du Urushak noch nicht hast." „Jap."

„Aber das muss dir doch vorher klar gewesen sein?", stelle ich fest und ernte einen leicht ungläubigen Blick, den ich mit einer hochgezogenen Braue meinerseits quittiere.

„Erzähle mir von unserem Plan morgen.", fordere ich ihn auf, greife nach seinem Handgelenk und hole ihn zu mir auf das gemütliche Sofa, aber er bleibt vor mir stehen.

„Wir – wir haben keinen Plan, Hazel. Ich werde Urushak finden, beschatten und zuschlagen. Du bist zu diesem Zeitpunkt in einem Kloster." Überrascht weite ich die Augen. „Was? Aber ich will nicht in einem Kloster sein! Ich will bei dir sein."

„Nein. Morgen nicht.", sagt er knapp und ich studiere ihn. Seine leicht gebeugte Haltung, seinen sturen, eisigen Blick ins Nichts. „Dann werde ich überhaupt nicht mitkommen. Dann kann ich auch gleich hier auf dich warten." Seine Augen fliegen zu mir und funkeln duster. „Du gehörst hier nicht hin!", stellt er fest.

Was ist nur geschehen? Was hat sein Boss ihm gesagt, dass er plötzlich so verschlossen ist? So kalt! So abweisend! „Wohin?", frage ich. „In dieses Haus oder an deine Seite?" Kurz schwellen die Emotionen in seinen Augen an, dann wird sein Blick leer. „Beides.", zischt er.

Er hätte mir ebenso gut eine Ohrfeige geben können. Mein Herz bricht in der Mitte auf und ein Keuchen entweicht meinen bebenden Lippen. Ich würge eine Mischung aus bitterer Enttäuschung und maßlos gekränktem Stolz meine trockene Kehle hinunter.

„Es tut mir leid, Dash. Du hast natürlich recht. Also. Ich bin im Kloster. Du spürst Urushak auf und dann bringst du mich wieder nach New York.", sagte ich mit einem höflichen Lächeln auf den Lippen. So ruhig wie möglich atmete ich ein und aus und greife sogar wieder zu meiner Gabel.

Wenn Jimmy, mein Ex, wieder zu viel hatte, war ein unauffälliges Verhalten das Beste. „Genau.", brummt er knapp und ich widerstehe dem Drang, ihn anzusehen. „Klasse.", sage ich, greife zum Weinglas, das bereitsteht und proste ihm keck zu.

Vielleicht nehme ich einen Zug zu viel. Aber seit Jimmy habe ich mir nun Mal geschworen nie wieder schwach zu sein und wenn das bedeutet, sich mit einem Dämon anzulegen – dann war das eben so. „Es wird ein Kinderspiel.", pflichtet er mir bei und Zweifel klaut seinem Mund den allgegenwärtigen Spott.

„Gut. Dann bin ich ja beruhigt. Nicht, dass du dich verletzt und keiner in der Nähe ist, der dich heilen kann.", sage ich unschuldig und behalte mein Glas bewusst in den Händen. Eiskristalle schießen mir unter die Haut, als er mich ansieht. „Hazel. Ich bin seit Anbeginn der Zeit ohne Hilfe ausgekommen. Überschätze nicht deinen Wert.", raunt er arrogant.

Und dann sehe ich sie – Trauer. Für einen unwirklichen Wimpernschlag, nicht länger, aber sie war da. *Bei Aphrodites unzüchtigem Arsch, er ist in dich verliebt…*, höre ich Marios dramatischen Ausruf wieder durch mein Hirn spuken und mein Freund hat scheinbar recht. Dash macht mir etwas vor! Er verletzt mich absichtlich, um es mir – leichter zu machen.

Er wird gehen. Ich werde wieder allein sein und das will ich nicht. „Funktioniert nicht.", murmle ich leise. „Bitte? Sprich dich aus Hazel.", fordert er mich auf. „Was auch immer dir Luzifer gesagt hat, es war so schlimm, dass du mich jetzt absichtlich von dir stoßen willst.", verkünde ich und springe auf. „Aber das funktioniert nicht!", fauche ich und stelle das Glas ab.

Dashs Kiefer mahlen und statt mich weiter mit Eiskristallen zu beschießen, attackiert er wieder den flauschigen Teppich. „Du kannst mich nicht verletzten.", schnappe ich. „Wo warst du die letzten acht Stunden? Ich bin ein Dämon! Ich kann tun mit dir, was immer ich will!", grollt er immer lauter und türmt sich über mir zusammen, wie ein bedrohlicher, dunkler Berg.

Tausende kleiner Alarmglocken schrillen laut in mir auf und bringen meinen Körper zum Erzittern. „Na los, Dämon! Dann tu' mir weh!", fauche ich und stoße ihn entschlossen und mit aller Kraft vor die Brust. Natürlich beeindruckt ihn das kein Stück.

Auch nicht, dass ich Sekunden später meine Fäuste immer wieder gegen seine Brust schnellen lasse. „Du wirst mich nicht verletzen! Du nicht!", schreie ich. „Du wirst mich auch nicht in einem beschissenen Kloster zurücklassen! Ich! Will! Bei! Dir! Sein!", schreie ich und schlage bei jedem Wort zu, bis ich außer Atem bin. Bis ich meine Stirn an seine breite Brust lehnen will und nur noch weinen - da packt er mich.

Ich stolpere zurück, als Dash mich knurrend von sich stößt. Ich fühle die Wand hinter mir, die mich davon abhält zu fallen, ich fühle den kräftigen Luftzug von Dashs Flügeln und das er mir folgt, ich fühle seine Hand, die sich um meinen Hals schlingt und mich an die Mauer presst.

„Ich bin ein Dämon! Ich werde dich zerstören!", bellt er und das Blau in seinen Augen wird intensiver. Er würgt mich nicht. Er hält mich nur fest. Er will mir nur Angst machen, rede ich mir ein, auch wenn mir die Knie schlottern. „Dann – dann musst du das tun, Dash. Wenn es das ist, was du willst.", gehe ich aufs Ganze und richte mich im Angesicht seiner Flügel auf.

Kurz spannen sich seine Finger um meinen Hals an und ich verabschiede mich von der Welt. Aber ich lebe noch immer und irgendwas Wildes, Mutiges reitet mich. „Aber wenn du es nicht willst. Dann bin ich morgen an deiner Seite, bevor du mich nach Hause bringst.", verlange ich bebend und ich erwidere Dashs sturen Eisblick.

„Ich bringe dich in Sicherheit, sobald ich weiß, wo er ist. Ich will nicht, dass du in der Nähe bist, wenn ich gegen ihn kämpfe." Ich will fragen, warum das so ist, aber ich tue es nicht. Ich fürchte die Antwort. Dashs Daumen gleitet mit leichtem Druck an meinem Hals entlang, sanft, besitzergreifend und ich glaube nicht, dass er sich der Berührung bewusst ist.

„Einverstanden.", nicke ich. „Einverstanden.", brummt Dash dunkel, bevor er mich an sich zieht. Seine Lippen krachen auf meine. Seine Zunge teilt meinen Mund. Dash nimmt mich ein, unterwirft mich, als er seinen harten Körper an mich presst.

Seine Arme umschlingen mich wie Ketten, halten mich in seinem eisernen Griff, während seine Zunge meinen Mund fickt, mir einen Vorgeschmack gibt, auf das, was er mit mir tun wird. Meine Arme schließen sich um seine Hüften.

Ich streiche seinen Rücken hinauf, fühle seine glatte warme Haut, stoße an den weichen Flaum seines nachtschwarzen Gefieders und schiebe meine Finger langsam hinein. Wühle mich in die zarten Federn und höre Dash an meinen Lippen lüstern knurren. Nein, ich habe nicht vergessen, dass ihn das geil macht. Ganz im Gegenteil.

Er vertieft den Kuss, lässt mich die überdeutliche Beule in seiner Hose spüren, die unter meinen Zuwendungen deutlich zuckt. Lust überrollt mich, ich greife fester zu, so wie auch Dash. Der mich kompromisslos an meinem Hintern packt und mich auf seine Hüften hebt.

Ich fühle sein Gefieder und die Muskeln an seinem Rücken arbeiten, als er uns leidenschaftlich gegen die nächste Wand wirft. Ich seufze leise, als Dash uns in die Küche teleportiert. Ich lande auf der Anrichte, spüre den kühlen Granit unter meinem Hintern, weil ich - nackt bin.

Mir fröstelt und meine Nippel richten sich auf. Wie auf Geheiß kümmert Dash sich um sie, küsst und leckt sich meinen Bauch hinunter. Seine Hände pressen sich gegen meine Oberschenkel, weiten mich und meine Augen öffnen sich, als ich außer seinem Atem gar nichts mehr fühle.

Dashs Blick liegt auf mir, streichelt mich ohne mich zu berühren. „Das ist das schönste, was ich seit Anbeginn der Zeit sehen durfte.", flüstert er dabei leise, bevor er seine Lippen auf meine Scham legt. Als ich seine Zunge fühle fällt mein Kopf in den Nacken. Ich ergebe mich.

Dash

Sie weiß es! Sie weiß es, Dash! Ich könnte sie nicht zerstören, nicht in einer Million Jahren und meine kleine Hexe weiß es. Trotzt mir! Einem Dämon. Dem Kopfgeldjäger des Teufels! Ihre Finger finden den Weg in den Ansatz meines Gefieders, krallen sich hinein, senden zittrige Impulse durch die Kiele und mir direkt in den Schwanz.

Mein Zungenschlag wird intensiver, ich genieße ihren Geschmack, schließe die Augen und sehe sie doch vor mir. Meine Sünde, meine Pandora, mein Verderben. Ihre perfekte Alabasterhaut, die langen geweiteten Beine, ihre vollen Brüste, mit den dunklen Nippeln, aus denen man den Nektar Edens saugen möchte, dieses eigensinnige Gesicht, mit den geröteten Lippen und den moosgrünen Kristallaugen und ihr feuerrotes Haar.

„Meine kleine Hexe.", brumme ich an ihrem Geschlecht und ernte ein tiefes Stöhnen von ihr. Ihre Muskeln beben, als ich meine Zunge tief in sie schiebe. *Ich! Will! Bei! Dir! Sein!*, erinnere ich mich an ihre Verzweiflung, als sie eben auf mich einschlug. Leid lag in ihrer Stimme. Einsamkeit. Dinge, die ich nicht will für sie. Dinge, die mich völlig kalt lassen müssen. Müssen!

Du bringst den Menschen nach Hause und löschst sämtliche Erinnerungen, haben wir uns verstanden? Das muss passieren. So wie Luc es verlangt, aber vorher. Vorher werde ich ihr den Himmel zeigen, werde sie die verbotene Frucht in all ihrer Süße kosten lassen und ihre bisherige Vorstellung von Begierde erschüttern.

Ich will sie verderben, für jeden, der sich nach mir an sie heranwagt. Ich ficke sie mit meiner Zunge, greife ihren Arsch und ziehe ihre unteren Backen auseinander. Ihre Nässe benetzt ihr verstecktes Loch. Der enge Muskel zieht sich zusammen, als ich meine Zunge dorthin wandern lasse, neckisch über die Fältchen lecke.

„Dash!", keucht sie protestierend, doch das ignoriere ich. Mein Daumen gleitet zu ihrer Klit, massiert sie, drückt sie, stupst dagegen. Ich werde Hazel mit mir in die Finsternis reißen, ich werde sie mir unterwerfen – heute Nacht, wird sie mir gehören! Mir!

Meine Zunge überwindet ihren Schließmuskel, stößt in ihre Enge, dehnt sie, weitet sie, wächst in ihr. „Du – lieber – Himmel.", keucht sie, weil sie lange Finger in ihren Kanal gleiten fühlt, meinen Daumen auf ihrer Klit, der ihre Muskeln dazu zwingt sich köstlich zusammenzukrampfen.

Ihr Becken drückt sich mir entgegen, ihre Hände ziehen an meinen Flügeln, das Beben ihrer Schenkel schwillt an. „Mehr!", fleht sie leise, wie schon in Algier. „Mehr!", verlangt sie, doch dazu bin ich noch nicht bereit. „Nein.", raune ich an ihrem Geschlecht.

„Du wirst leiden, kleine Hazel.", brumme ich und ihr vorfreudiges Zittern fährt mir direkt zwischen die Beine. Meine Eier krampfen sich schmerzlich zusammen, da ich nicht weniger leiden werde. „Du hast einen Dämon herausgefordert und sollst ihn bekommen.", raune ich und schnappe nach ihrem Geschlecht, sauge ihr samtiges Fleisch zwischen meine Lippen, presse mich gegen ihren pulsierenden Knoten, der meine Rezeptoren seit der ersten Zuwendung mit Lust füllt.

Ihre Begierde wird wilder, das Winden ihres Körpers hemmungsloser und ihr Stöhnen lauter. „Dash, bitte!", seufzt sie frustriert. Sie will das ich sie erlöse, doch das werde ich nicht. Das gestatte ich ihr nicht.

„Unterdrücke es, Hazel. Ich will nicht, dass du kommst. Hörst du? Ich verbiete es dir.", raune ich drohend und ihre Pussy zieht sich eng um meine Finger zusammen, während sie mich verwirrt durch den Nebel ihrer berauschten Sinne mustert, sie ungläubig keucht, als sich meine Hand auf ihren Unterleib legt und ihr Becken eisern an Ort und Stelle hält.

„Du bist mein, kleine Hazel! Du gehörst mir.", brumme ich. „Ich werde deine süße Pussy ficken, bis du um Vergebung bettelst und ich werde in deinen engen Arsch dringen, bis du nach Erlösung schreist.", raune ich. Sie wimmert, beißt sich fest auf die Lippen, weil meine Worte sie fast über die Klippe fallen lassen.

Diabolisch grinse ich auf und lasse von ihr ab. Gehe zwei Schritte zurück und brenne mir diesen Anblick auf meine schwarze Seele. Nie wieder will ich ihn vergessen. Will mich ewig daran zurückerinnern.

Ein dünner Schweißfilm glänzt auf ihrer nackten Haut, als sie sich aufsetzt und mich gierig mustert. „Komm zu mir.", raune ich. Geschmeidig schlingt sie sich von der Anrichte und kommt auf mich zu. Ihre Beine wackeln, aber sie unterdrückt es.

Als ich nach ihr greifen will, weicht sie mir aus. Ihre Finger streifen sacht meine Hüften entlang, während sie hinter mich tritt. Eine kleine Ewigkeit geschieht nichts. Sie steht da und mustert mich. Meine Statur, mein Gefieder. Ihr intensiver Blick kitzelt in meinem Nacken.

Dann – endlich – fühle ich ihre Finger an den Federn. Zärtlich streicht sie darüber, berührt sie, zaust sie und ich kann ein zittern nicht unterdrücken.

„Du willst mich besitzen? Du willst mich leiden lassen, Dämon?", raunt sie arrogant und meine Mundwinkel zucken, weil sie auf mein Spiel eingeht, als all ihre Finger plötzlich in die Federn greifen, Punkte berühren, von denen sie nichts wissen kann und mir damit ein erregtes Keuchen entlockt. Kashkak, so hat mich dort noch nie eine Frau berührt!

„Lass deine Hose verschwinden und ich lasse dich leiden.", flüstert sie an meinem Flaum und mein harter Schaft pulsiert, als ich ihre Lippen an meinem Rücken fühle. Sie greift um mich herum und packt mein bestes Stück ohne Scheu. Ihr nackter Körper presst sich an meinen Rücken.

Langsam bewegt sie ihre Hand, reibt über meine pralle Länge, fängt die Tropfen meiner Lust mit ihren Fingern und benetzt meine Eichel und meiner Brust entringt sich ein Stöhnen. Ich greife ihr Handgelenk und drehe mich zu ihr. „Du bist die einzige, für die ich leiden will, kleine Hexe.", brumme ich und nehme sie mit mir.

„Und jetzt: knie dich hin.", verlange ich ruhig, als wir uns auf dem Bett materialisieren. Sie atmet ihren Schwindel weg. „Hinknien?", fragt sie unsicher. „Glaubst du ich habe vorhin ein leeres Versprechen gemacht? Zeit ein wenig zu leiden.", brumme ich beiläufig.

„Dash…ich weiß nicht…", setzt sie zweifelnd an und entlockt mir ein süffisantes Grinsen. „Das war keine Frage. Knie. Dich. Hin.", wiederhole ich geduldig, unnachgiebig und sie entspricht meinem Befehl. Als ich meine Hände auf ihren Hintern lege, sieht sie mich unsicher an.

„Ich werde dich dort ficken, Hazel.", raune ich und drücke meinen Schwanz an ihre Ritze. Die Endgültigkeit meiner Worte lassen eine Mischung aus Furcht und Lust in ihr wachsen. „Ich werde jedes deiner Tabus brechen.", raune ich und massiere ihre straffen Muskeln, lockere ihre Oberschenkel, bis sie sich entspannt und leise seufzt.

„Ich will, dass du dich mir hingibst. Jegliche Moral über Bord wirfst." Mein Schwanz gleitet abwärts, meine Eier werden hart, und meine Eichel taucht zwischen ihre weichen Falten, überzieht mich mit ihrem Nektar und heißt mich willkommen.

„Hast du gehört, Hazel?", necke ich sie. Ihre Finger krallen sich in die seidigen Laken, als ich mich tiefer in ihre Pussy schiebe. „Antworte.", verlange ich und meine Hand knallt auf ihren Arsch. Ihr Kopf zuckt in den Nacken und ihr Mund weitet sich in einer köstlichen Mischung aus Lust und Schmerz, die mir direkt in den Leib fährt.

„Ja!", stöhnt sie und will sich bewegen. Eisern ziehen sich meine Finger um ihr Becken zusammen. „Du hast hier nicht die Kontrolle, kleine Hexe.", stelle ich locker fest und

Anspannung schleicht sich in ihre Muskeln. Mentale Reize jagen durch ihren Körper, zwirbeln ihre Nippel, lecken über ihre Klit und ihr fester Arsch presst sich an mich.

Ich ziehe mich ein Stück aus ihr zurück und dränge in sie. „Gefällt dir das? Gefällt es dir, von mir genommen zu werden?" Protestierend ziehen sich ihre Muskeln zusammen, wollen mich in ihr festhalten. „Ja, Dash. Ja!", keucht sie stockend, weil ich sie fast schon wieder soweit habe. Zufrieden grinse ich und halte einen Moment inne.

Einen Moment, lange genug, um ihr ein frustriertes Seufzen zu entlocken. Langsam, viel zu langsam, wenn es nach meiner kleinen Hexe geht, bewege ich mich wieder in ihr. „Das werde ich die ganze Nacht mir dir machen. Ich werde dich an deine Grenzen bringen. Ist dir das klar?", frage ich sachte und sie hofft mich mit einem Nicken abspeisen zu können.

„Sag es, Hazel. Sprich es aus. Sag, dass du das willst.", verlange ich und Gänsehaut rast durch ihren Körper, weil meine Hand ungeniert ihre Scham greift und sie zusammenpresst. „Ja."; faucht sie, weil ich sie mit kurzen Stößen necke. „Ja, ich will es, Dash!", stöhnt sie und meine Selbstbeherrschung droht zusammenzubrechen.

„Wollüstige kleine Hexe.", raune ich sanft, fasse an ihren Po, öffne ihn und erlaube mir einen Blick auf das, was dort versteckt auf mich wartet, sich mit jedem meiner Stöße bewegt und zusammenzieht.

Ich kann nicht widerstehen, ich sende einen flirrenden Impuls aus, der Hazel ein überraschtes Seufzen entlockt. Dem Impuls folgen meine Finger. Mein Daumen, der sacht ihr Rektum berührt, dagegen drückt, ein Öl verteilt, dass ich dorthin befehle.

Hazel gibt schnurrende Geräusche von sich, drückt mir ihren Arsch entgegen. „Ich verstehe, das gefällt dir, kleine Hexe.", raune ich zärtlich und ziehe mich ein Stück aus ihr zurück. Lasse sie warten, necke Mental ihren süßen

Lustknoten, bis sie beginnt sich zu winden. „Nicht bewegen.", befehle ich kalt und schlage erneut auf ihren prallen Arsch.

Haut knallt auf Haut. Schmerz durchzuckt ihren Körper, als mein Finger ihren engen Muskel problemlos überwindet und Hazel stöhnt lasziv auf, als ich meine Hüfte nach vorne Stoße. Wir finden einen Takt, während meine Augen unablässig auf ihrem Körper liegen, auf ihrem sich vor Lust windenden Leib. Mir entgeht nichts, nicht die kleinste Regung.

Geduldig nehme ich sie, treibe sie vor mir her, treibe sie in ungeahnte Höhen und lasse sie doch nicht fallen, bis ich mich aus ihr zurückziehe und meinen Finger durch meinen Schwanz ersetze. Gefühlvoll presse ich meine Eichel gegen den engen Muskel. Ich erkenne sofort das verspannte Beben in ihren Schultern.

„Ruhig. Ganz ruhig, kleine Hexe.", brumme ich, tue nichts außer mental ihre Klit zu verwöhnen, bis sie sich entspannt. Zärtlich streiche ich mich zu ihrem Hintern, meine Hände übernehmen, ziehen ihren Po auseinander. Die von ihrer Nässe glänzende Spitze meines Schwanz verschwindet in ihrem Arsch.

Überrascht schnappt sie nach Luft und mir entkommt ein Grollen, weil es sich noch köstlicher anfühlt, als ich es mir vorgestellt habe. „Entspann dich.", brumme ich sacht, streichle ihren Körper, knete ihre Brüste mental, während meine Finger sich ihrem vorderem Loch widmen.

Ich werde ihr keine Sekunde Zeit geben über das nachzudenken, was wir hier tun, ihr keine Gelegenheit lassen sich zu verkrampfen. Ich reize sie. Setze sie einem diffusen Gefühlswirbel aus, nehme sie gefangen zwischen Macht und Realität. Schiebe mich tiefer in sie. Genieße ihren Arsch, der meinen harten Schwanz zusammendrückt. Befehle einen Dildo in meine Hand, etwas kleiner als ich gebaut und drücke ihn zusätzlich in ihre Pussy.

„Oh Gott, oh mein Gott! Dash! Dash!", schreit sie hilflos und verliert sich an ihre Begierde, die sich das nimmt, wonach Hazel verlangt, als sie sich mir sacht entgegenschiebt, sich meinem Takt anpasst und gemeinsam mit mir schneller wird.

Meine Hand umschlingt ihren Nacken und mit einem Ruck ziehe ich ihren Rücken an meine Brust. Sie stöhnt verzückt, als ich noch tiefer in ihre seidige Hitze gleite. „Bitte, Dash, bitte.", fleht sie, bewegt sich ekstatisch auf meinem Schwanz, genau in dem Takt, in dem ich will.

„Na also, kleine Hexe. Jetzt tanzt du endlich für mich.", raune ich an ihrem Ohr. „Und jetzt komm für mich.", befehle ich leise und überflute ihre erogenen Zonen und Hazel ergibt sich, lässt los, stöhnt meinen Namen. Nimmt sich das, was sie braucht, presst sich an mich, drückt sich meinen sanften Stößen entgegen und – kommt.

Ihre Lust ist gewaltig, sie schmeckt nach Honig und schwerem Wein, sie berauscht mich, erfüllt mich, reißt mich fort. „Ma' kissha.", flüstere ich von Sinnen, ignoriere es. „Ma' kissho.", erfasse ich ihr leises Wispern, es durchdringt mein Innerstes und brandmarkt mich für die Ewigkeit. Mit einem rohen Knurren explodiere ich tief in ihr.

Hazel

„Für einen ungläubigen Menschen hast du letzte Nacht verdammt oft nach dem großen Vater gerufen.", grinst Dash. „Du bist unmöglich.", antworte ich leise. „Hör' auf dich zu schämen für deine Leidenschaft und deine Lust, denn dazu gibt es keinen Grund, kleine Hexe.", brummt er sacht und ich kuschle mich zufrieden dichter an meinen Dämon.

Mein Körper fühlt sich angenehm wund und benutzt an, mein Geisteszustand ist zufrieden und vollkommen. Dash zieht mich dichter an sich und streichelt mir den Rücken, während er mit der anderen Hand zu seinem Handy greift.

„Wir haben noch ein bisschen Zeit, bis wir los müssen. Vorher will ich noch ein paar Infos für heute Abend zusammensammeln." „Was, wenn der Kerl in der Zwischenzeit Budapest verlassen hat?" „Sieht nicht so aus.", antwortet er mir. „Was denkst du, was er dort macht?" „Schwer zu sagen.", brummt er, „Daher werde ich einen Informanten kontaktieren."

Meine Augen gleiten über sein Profil, während er auf dem Display herumtippt. Es könnte so perfekt sein. „Kashkak!", sagt er und runzelt die Stirn. „Was heißt das?" „So viel wie *Scheiße* oder *Fuck*.", erklärt er mir. „Kashkak.", versuche ich das raue Wort auszusprechen. „Die Betonung liegt auf dem ersten A.", klärt er mich lässig auf und legt das Handy bei Seite.

„Kashkak.", wiederhole ich und es klingt ein bisschen wie niesen. Dashs blaue Augen mustern mich stechend und ich weiß auch warum. Er hat letzte Nacht nicht mit meiner Antwort auf seinen Schwur gerechnet und scheinbar schwillt das gerade zu einem Problem an, also stütze ich mich an seiner Brust etwas auf und küsse seinen süffisanten Mund.

Da wir oder besser er diesen Urushak heute zurück in die Hölle befördern wird und er mich dann zurück nach New York bringt, weiß ich ja gar nicht mehr, wie lange ich noch Gelegenheit habe dieses Abenteuer zu genießen und leider kann ich ein schwermütiges Seufzen nicht unterdrücken.

„Nur noch heute Hazel, dann verschwinde ich aus deinem Leben, versprochen.", sagt er sanft und es schnürt mir die Kehle zu. Am liebsten würde ich ihn wieder anschreien, so wie gestern, aber im Endeffekt wird es mir nichts helfen, denn wenn er mich wirklich nach New York bringen will, weiß ich auch, dass ich ihn nicht davon abhalten kann.

„Ja.", keuche ich flach, weil mir für mehr Worte einfach die Luft fehlt, so leer, wie ich mich innerlich gerade fühle. Ich will nicht. Ich will nicht, dass er geht. Dashs Arme spannen sich etwas fester um mich und spenden mir Trost, als seine Lippen meine suchen.

„Du – du kannst mich ja besuchen kommen, wenn du zufällig mal wieder im Big Apple bist." „Ja.", brummt er knapp und ich fühle, dass ich ihn nie wiedersehen werde. Mist. „Dash wir müssen nicht…" „Diese Unterhaltung endet ohne ein für dich befriedigendes Ergebnis, kleine Hexe.", erklärt er mir kalt und zärtlich zugleich und presst seine Lippen nochmals kurz auf meine.

„Was möchtest du zum Frühstück?", grinst er dann und ich möchte heulen.

Frustriert kaue ich meine Pancakes mit extra viel Sirup und Speck. Es schmeckt grandios und doch nach nichts. Dash – telefoniert. Er spricht ungarisch. Er spricht alle Sprachen dieser Welt. Eine beiläufige Info von ihm. Aber irgendwie auch logisch bei Allem was er an Macht hat und wer er ist. Ich kippe noch etwas mehr Sirup auf den Pfannkuchenberg.

Er kann theoretisch tun, was er will und trotzdem will er mich wieder loswerden. Klasse. Ich will ihn nicht verlieren. Was ich ihm gestern an den Kopf geworfen habe ist die völlig irrationale und dumme Wahrheit: ich will bei ihm bleiben. Egal wie gefährlich das ist. Egal was mich das kosten wird. Ich fühle seinen Eisblick auf mir ruhen.

Meine Augen treffen auf seine und ich richte mich stolz auf. Verdränge meine Trauer und die Tatsache, dass ich mich in einen vermutlich aussichtslosen Kampf um einen Dämon stürzen will. Aber wenn er schon nicht darum kämpfen will: einer sollte es doch tun, oder? Er beendet das Gespräch und erwidert meinen Blick.

„Und?" „Urushak ist dort. Es soll heute Abend ein kleines privates Treffen stattfinden. Ungarische Unterweltbosse. In Kürze wird mir der Bauplan des Hauses zugestellt." „Was passiert bei solchen Treffen?" „Schwer zu sagen. Meistens geht es um Deals. Drogen, Frauen,…" „Geld, Macht. Hab ich verstanden." Dash nickt und ich versuche mich auf das was vor uns liegt zu konzentrieren und nicht auf den nahenden Abschied.

Ein leises Zischen, gefolgt von einem Geräusch, als würde ein Vogel gegen ein Fenster fliegen zieht meine Aufmerksamkeit auf den Esstisch, als dort plötzlich eine Mappe mit Papieren erscheint. „Ah, der Bauplan.", sagt Dash zufrieden und macht sich über die Unterlagen her, als erneut sein Handy brummt.

„Ja?", hebt er ab und wartet, was der Gegenpart zu sagen hat. „Ok. Dann mache ich mich sofort auf den Weg. Danke.", nickt er und legt auf. „Sieht so aus, als müssten wir los. Es gibt da einen Lemuren, der angeblich über das, was Urushak in Budapest tut Bescheid weiß.", erklärt er mir und steckt Handy und Baupläne ein.

„Wie gelangen wir dorthin?" „Ich teleportiere uns. Komm zu mir, kleine Hexe.", verlangt er und nimmt mich in seine starken Arme und senkt seine Lippen sanft auf meine. Wehmütig genieße ich das Gefühl, fühle wie wir uns auflösen, wie ich mich auflöse.

Dash

„Du bist nicht gut für mich.", wispert sie leise an meinen Lippen, als wir uns wieder materialisieren und saugt meinen Geruch tief in ihre Lungen. „Vielleicht mehr als dir lieb ist, kleine Hexe.", raune ich überzeugt und lächle charmant, obwohl ich das besser lassen sollte, aber ich glaube, ich bin nicht länger der Herr meiner Gedanken und Taten.

Tiefe Gefühle stehen in ihrem Blick und das schon den ganzen Tag. Es zerreißt meine Seele. Das wollte ich nicht. Hazel zu verletzen, war nicht Teil des Plans. Ich habe geschworen sie zu schützen und fühl mich doch wie ein Versager. Hinter der kleinen, verschreckten Hexe steckt eine sinnliche und reizvolle Frau. Ziemlich überraschende Feststellung. Ziemlich beschissene Feststellung. Ich gewöhne mich an sie und das ist nur schlecht für uns beide.

Es wird ihr nicht helfen, dass ihr das Orakel gesteckt hat, wie man meinen Schwur beantwortet oder was er bedeutet und meine kleine Hexe wird auch nie erfahren, was es *mir* bedeutet hat. Sie ist nur ein Mensch.

Ich werde diesen Job machen und dann die Seele meines Sohnes in den Himmel bringen. Das ist der Plan und daran halte ich mich. Bald werde ich sie wieder vergessen haben und dann wird alles wieder seinen gewohnten Gang gehen, rede ich mir fest ein.

Energisch schüttle ich die Gedanken an die letzte Nacht ab, an ihre ergebene Hingabe, an ihre raue Leidenschaft und konzentriere mich auf das, was vor mir liegt. Den letzten Anlauf Urushak zu schnappen, bevor ich die kleine Hexe nach Hause bringe. Bevor ich zu einem Abenteuer verkomme, einem verwirrenden Gedanken, einem undeutlichen Traum.

Wir stehen direkt in der Nebengasse zu dem Antiquariat, das Danibash, der Lemure, auf der Verkaufsstraße in der belebten Innenstadt besitzt und wie von selbst greift meine Hand nach ihrer, bevor einen kurzen Moment später ein Glockenspiel von unserer Ankunft in dem traditionellen Verkaufsraum kündet.

„Dash. Kann nicht behaupten, dass ich mich freuen würde dich zu sehen." „Danibash. Deine Verfügung, bitte.", sage ich höflich und warte bis er mir Luzifers persönliche Genehmigung vorlegt, die es ihm erlaubt hier zu sein. „Wer ist deine Begleitung?", fragt er und mustert Hazel, die sich im Geschäft umgesehen hat.

„Ich bin Olivia, seine Assistentin.", antwortet sie frech, bevor ich reagieren kann. „Hat der Boss sie dir nach deinem Versagen zugeteilt?" „Hm.", brumme ich unzufrieden und gebe ihm seine Papiere zurück. „Wegen ihr sind wir nicht hier, also wäre ich dir dankbar, wenn du mir allein deine ungeteilte Aufmerksamkeit schenkst.", stelle ich klar.

„Deine Stimmung ist so schlecht wie immer." „Die Infos, Danibash.", erinnere ich ihn ungerührt und lasse mich von ihm ins Bild setzen.

Ich materialisiere uns in kampftauglicher Kleidung direkt in einem Gebüsch vor der Villa, in der Urushak sich derzeit aufhält.

„Also gut, dann wollen wir doch mal sehen, was da drin so los ist.", brumme ich, ziehe den Bauplan des Hauses aus meiner Tasche und breite ihn vor uns auf dem Boden aus. „Wie willst du das anstellen?", fragt Hazel und ich antworte ihr mit einem Fingerschnippen.

„So." Kleine, leuchtende Punkte auf der Karte erscheinen. „Oh! Das sieht hübsch aus.", grinst meine kleine Hexe begeistert und beugt sich dichter über das Papier.

Wenn mich der Lemure nicht verarscht, dann ist Urushak hier, um ein paar neue Frauen zu kaufen, um seinen Hurenpool zu erweitern. Diese werden ihm heute Abend in einem stimmungsvollem Rahmen präsentiert. Was ihm noch nicht klar ist, ist dass ich ihm diesen Deal heute Abend gründlich versauen werde.

„Hier sind wir.", deutet Hazel stolz auf die zwei Punkte, die uns auf der Karte markieren. „Jap." „Die Weißen stehen für Menschen. Die roten für Dämonen.", erkläre ich ihr. „Hm. Ziemlich viel rot. Vor allem hier.", tippt sie auf genau die Stelle, die ich auch ins Auge gefasst habe.

„Ja, da scheint was los zu sein.", murmle ich und beobachte zwei rote Punkte, die zu einer Ansammlung Weißer gehen und im Anschluss damit im Schlepptau zu dem Haufen roter Punkte gehen. „Wahrscheinlich Huren.", sage ich nachdenklich.

„Was?", fragt Hazel. Aber ich werde sie nicht weiter einweihen, da ich sie ohnehin gleich in Sicherheit bringen werde. „Nichts, kleine Hexe. Ab jetzt geht dich das nichts mehr an. Ich bringe dich hier weg.", sage ich daher fest. „Warte, Dash."

„Wir hatten eine Abmachung.", sage ich fest. „Ich weiß, ich weiß. Trotzdem. Wie willst du da reinkommen?" „Mein Problem." „Dash, bitte." „Du kannst die Karte mit dir nehmen. Ich bin der schnelle rote Punkt.", nicke ich, greife ihren Arm und teleportiere uns zu dem bereits erwähnten Kloster, dass hier in der Nähe ist.

„Geh in die Kirche und warte, bis ich dich rufe." „Und wenn du es nicht schaffst?", fragt sie. „Sehe ich so aus, als ob die eine Chance gegen mich hätten?", entgegne ich arrogant. Sie verdreht die Augen und schnaubt. „Na also.", nicke ich zufrieden.

„Trotzdem hättest du es leichter reinzukommen, wenn ich dich begleite.", gibt sie schmollend von sich und verzieht dabei ihre Lippen so reizvoll, dass ich sanft daran knabbern will. „So?", seufze ich, „Erklär mir das, kleine Hexe.", frage ich, noch bevor ich es verhindern kann.

„Du sagtest vermutlich Huren, womit du die weißen Punkte hier gemeint haben wirst. Wenn du also eine Hure einschleusen würdest, dann könnte ich von innen heraus agieren.", erklärt sie. „Du willst dich als Hure in die Hände Urushaks begeben." „Ja.", nickt sie entschlossen.

„Das ist die dümmste Idee, die jemals ein Mensch seit Anbeginn der Zeit von sich gegeben hat.", schnauze ich auch oder gerade, weil die Idee gut ist, aber ich Hazel ganz sicher nicht als Lockvogel einsetzen werde. „Das ist überhaupt nicht dumm!", verteidigt sie sich sofort. „Du willst dich in die Hände eines Dämons begeben! Das ist dumm!"

„Ich bin in Händen eines Dämons.", hält sie dagegen und ihre moosgrünen Augen funkeln mich herausfordernd an. „Ja, aber einer, der um deine Sicherheit bemüht ist.", zische ich und ihr Blick schmälert sich angriffslustig.

„Ich dachte, du bist der Kopfgeldjäger des Teufels und nicht mein persönlicher Wachhund.", schnappt sie provokant und ich unterdrücke ein Grinsen, als sie sich stolz aufrichtet und lasse stattdessen ein leises Knurren hören.

„Ich habe geschworen dich zu beschützen und das tue ich, aber deine Idee ist gut, daher werde ich mir jetzt ein verzichtbares Mädchen suchen. Bis später, kleine Hexe.", sage ich und will mich dematerialisieren. „Genau. Eine Fremde kann dich auch viel besser unterstützen als ich.", höre ich ihren wunderbar schnippischen Tonfall.

„Hazel.", knurre ich inbrünstig, doch meine kleine Hexe reckt nur ihr Kinn vor. „Wir haben keine Ahnung, was da drinnen vor sich geht. Vielleicht erkennt man dich sogar." „Das ist mir egal, Dash. Ich kann auf mich aufpassen, ich kann sie ablenken, ich kann dir helfen.", sagt sie entschlossen und ich fühle, dass ich gegen ihren gefährlichen Eigensinn machtlos bin.

„Ich kann nicht glauben, dass ich das tue.", seufze ich und schnippe.

Je näher wir dem Haus kommen, um so nervöser wird meine kleine Hexe. Verbissen kaut sie auf ihrer Unterlippe, während sie aus dem Fenster sieht und ihre Entscheidung, mir zu helfen, bereut. Durch den Rückspiegel werfe ich einen Blick auf Hazel, auf ihren perfekten Körper in diesem sündigen Outfit, der den Platz in meiner Hose bedenklich hat schrumpfen lassen. Alles an meiner kleinen Hexe schreit Hure.

Mein Blut staut sich unangenehm in meinem besten Stück und ich schiebe meinen Hintern tiefer in den Fahrersitz des schwarzen SUVs. „Wenn du dir unsicher bist, dann lassen wir es besser." „In deinem Keller war ich auch unsicher und hab mich überwunden. Jeden Abend, wenn ich mich in der Tittenbar ans Klavier gesetzt habe, musste ich mich überwinden. Lampenfieber gehört wohl einfach dazu.", erklärt sie überzeugt.

Ich habe ihr erklärt, was sie zu tun hat. Was ich von ihr erwarte und wie sie sich verhalten muss. Ich kann nur hoffen, dass sie sich an meinen Plan hält. Jeder Fehltritt könnte verhängnisvoll werden. Innerlich ist es für mich eine kleine Katastrophe sie alledem, was auf uns zukommt, auszusetzen, aber ich fühle auch, dass sie es schaffen könnte, weil sie es wirklich will.

Trotzdem kann ich kein Quäntchen meiner Aufmerksamkeit oder gesammelter Energie auf die kleine Hexe verschwenden. Natürlich gibt es da auch noch andere Möglichkeiten und ob es mir gefällt oder nicht: um sie zu schützen, werde ich es tun.

Ein schmierig aussehender Mensch empfängt uns am Tor. Er wird mich nicht erkennen, auf mir liegt eine Tarnung. Er wirft einen prüfenden Blick in den Wagen und lässt uns passieren, nachdem ich ihm erklärt habe, dass seinen Boss hier ein ganz besonderes Mädchen erwartet.

Ich fahre auf das Grundstück, parke den Wagen und drehe mich zu meiner kleinen Hexe um. „Du bist sicher, dass du das schaffst?" „Ja, Dash, mach dir keine Sorgen." „Ok. Ich kann da drin nicht direkt auf dich achten, also werden wir uns eines kleinen Tricks bedienen, damit ich jederzeit weiß, dass es dir gut geht.", erkläre ich.

„Was muss ich tun?" „Du musst etwas von meinem Blut zu dir nehmen, so kann ich fühlen, ob es dir gut geht.", nicke ich, lasse ein Messer in meiner Hand erscheinen und ziehe es mir über den Handballen. Zögerlich rutscht Hazel auf mich zu und greift meine Finger.

„Irgendwie eklig.", brummt sie, bevor sie zögerlich ihre weichen Lippen auf die Wunde presst, mein Blut kostet und einen Schluck nimmt. Kurz genieße ich das flirrende Gefühl ihrer Zunge auf meiner Hand und erwarte die Wirkung. Es dauert nur ein paar Sekunden bis ich ihren Herzschlag in meinem Inneren spüre.

„Schmeckt nicht so schlimm, wie ich dachte.", grinst sie dann und leckt sich die Lippen. „Es ist mit menschlichem Blut nicht zu vergleichen.", sage ich sanft und ziehe mit meinem Daumen den Schwung ihrer Unterlippe nach. „Bereit?" „Bereit.", nickt sie und wir steigen aus.

Hazel

Wir gelangen problemlos in die Villa. Mein Herz rast, aber das ist völlig egal, meint Dash, da die Huren, die heute Abend hier verkauft werden sollen, das Problem auch haben. Sie sind nervös und ängstlich. Lieber Himmel! Menschenhandel und ich mittendrin!

Macht mir Angst, was vor uns liegt? Ganz eindeutig. Aber es ist nicht nur Angst. Es ist so, wie ich Dash erklärt habe, denn ich bin zwar nervös, aber fühle auch eine dunkle Euphorie in mir, die zwischen meinen Schulterblättern kribbelt. Dieselbe, die ich auch schon gefühlt habe, als wir den Dämon gefoltert haben. Ich will das heute Abend tun. Ich will nicht nur Dash, sondern auch mir beweisen, dass ich keine Angst habe, dass ich an seine Seite gehöre.

Wir gehen einen geraden Gang entlang auf einen Tisch zu. Mehrere Männer, ob menschlich oder nicht kann ich nicht sagen, stehen hier und unterhalten sich. Sobald sie mich in den windigen, Klamotten sehen, folgen mir ihre Blicke, verschlingen mich und es fällt mir nicht schwer, ihre schmutzigen Gedanken zu erraten.

Ihre Augen liegen auf dem knappen, glitzernden Bustier, dass meinen Busen unerhört nach oben presst, auf meinem runden Hintern, der in ein Stoffband gehüllt ist, dass die Bezeichnung Rock nicht verdient und auf meinen langen Beinen, die in schwarzen Netzstrümpfen und verboten hohen Highheels Dash folgen.

Gierig, lüstern, schätzend mustern sie mich. Fragen sich, wieviel Geld ich ihnen einbringen würde. Schließlich ist das hier ja eine Versteigerung. Auch wenn Dash mich vorhin nicht nochmals explizit drauf aufmerksam gemacht hätte, wäre mir klar gewesen, dass ich in dem Outfit in jedem Fall ein Hingucker bin. Sogar ich will mich fragen, wieviel die Stunde kostet.

Vor einer großen Doppeltür bleiben wir stehen. Von drinnen ist die Sorte Musik zu hören, zu der man lasziv die

Hüften schwingen kann. Dash erklärt den Männern warum wir gekommen sind. Sie nicken und sagen ihm, was zu tun ist, dass ich Urushak präsentiert werde. Ging doch wirklich leicht! Und da wollte dieser sture Dämon ohne mich los.

Ein bisschen triumphierend erwidere ich seinen eisigen Blick, als er sich zu mir umdreht. Seine Augen sind momentan braun. Das nimmt ihnen definitiv die Schärfe. „Du gehst mit den beiden dort. Sie bringen dich in den hinteren Teil der Villa, damit du dich nochmal frisch machen kannst.", erklärt er mir leise.

„Wie lange wird das dauern?", frage ich und Dash zuckt die Achseln. „Du musst durchhalten. Sie werden die Ware nicht beschädigen, sonst müssten sie sie kaufen.", zwinkert er. Ich sehe aus wie eine Nutte, will ich antworten, atme tief durch, weil das jetzt auch nichts mehr helfen wird.

„Gut.", grinse ich und fasse die zwei sabbernden Kerle ins Auge, die mich von Dash trennen werden, „Dann mal los. Diese Augen könnten noch etwas Schminke vertragen." Stolz strecke ich meinen Rücken durch, erkenne das süffisante Funkeln in Dashs Augen und folge den beiden Idioten in die Tiefen dieser Villa.

Ich halte mich ganz gut, schätze ich. Sie haben mich zu den anderen Mädchen gebracht und hier warte ich jetzt. Die meisten sind total verschreckt und rauchen eine Zigarette nach der anderen. Sie sind so verängstigt, dass sie kaum miteinander sprechen, dennoch bekomme ich mit, was von den Huren gleich erwartet wird.

Infos, die mich beruhigen, als mich die beiden Idioten aufrufen und ich ihnen dann zum Ort des Geschehens folge. Der Raum, in den sie mich bringen, ist stickig und verraucht. Das Licht ist schummrig und meine Augen brauchen einen Moment, um sich darauf einzustellen.

Die kleine Bühne, die hier aufgebaut ist, erinnert mich an das, was ich aus der Burlesque Bar kenne. Schwarz lackierte Bretter sind von dunkelrotem, billigen Stoff umrahmt und in der Mitte sehe ich eine Poledance Stange. Ich atme wohl ein paarmal zu oft tief durch, um mich zu beruhigen, denn der eine Idiot gibt mir einen Schubs nach vorne, so dass ich auf die Bühne stolpere.

Meine Augen suchen den Raum ab. Dash sollte eigentlich irgendwo hier sein. Aber leider entdecke ich ihn nicht. Welcher von den Anwesenden Urushak ist, kann ich mir leicht ausmalen. Es ist der schmierige, beleibte Kerl mit dem Vollbart der, umringt von anderen glatten Typen mit gegelten Haaren, mittig vor der Bühne sitzt.

Sehr zu ihrem Missfallen stehe ich etwas unentschlossen herum und erste ungehobelte Aufforderungen werden mir, von fiesem Lachen und Kommentaren begleitet, entgegengeworfen. Dann entdecke ich endlich Dash, der halb hinter einer Säule lehnt. Seine Augen hakten sich in meine. Er richtet sich etwas auf und ich tue es ihm gleich, strecke mein Kreuz durch und fange an meine Hüften dem Takt anzupassen.

Die unzufriedenen Ausrufe werden durch zufriedenes Grunzen und verhaltenen Jubel ersetzt, weil meine Show endlich losgeht. Meine Show. Ich habe das bei den Mädchen tausendmal und mehr gesehen und doch stehe ich hier und schaffe es vor Aufregung kaum einen Fuß vor den anderen zu setzen, als ich versuche möglichst sexy auf die Poledance Stange zuzugehen.

Meine Finger schließen sich um das feste Metall und ich atme nochmals tief durch. Ok, wie die Mädchen bei mir zu Hause. Sei wie die Mädchen, du kennst die Bewegungen, du weißt, wie das geht, sage ich mir fest und lege los.

Dash

Die Atmosphäre in dem Raum ähnelt einem Treibhaus. Wie üblich müssen sich die Mädchen präsentieren. Es riecht nach billigen Zigarren, Schweiß und Angst. Zumindest letzteres scheint Hazel allerdings völlig zu ignorieren, als sie sich zu der vorhandenen Polestange umdreht und den vorhandene Gästen eine erstklassige Show bietet.

Alle Augen liegen auf meiner sexy Hexe, die ihren kleinen Knackarsch gerade nach hinten streckt und andeutet, die Polestange mit ihrer Zunge entlang zu lecken. Mein Schwanz drückt unangenehm in der Hose und wenn ich mich so umsehe, geht es dem anwesenden Abschaum kein Stück besser. Vor allem Urushak lehnt sich interessiert nach vorne, als Hazel sich lasziv zurücklehnt und ihre Mitte im Takt an der Stange reibt.

Bei Lucifers glattem Arsch ist sie heiß. Gebannt verfolge ich ihre Bewegungen, in der Gewissheit, dass sie nur für mich da oben steht und tanzt und dann kommt der Kackmoment, den ich als meine Chance bezeichne, denn Urushak hat sich für Hazel entschieden.

Er nickt mir zu und weißt mit dem Kinn auf eine Tür, hinter der er wohl mit mir verhandeln will. Ungern lasse ich sie zurück und folge dem dreckigen Rub'us'shuk in das Nachbarzimmer. Zwei seiner Handlanger folgen uns und schließen die Tür hinter uns.

Dann wird es hektisch, denn ich muss schnell sein. Ich drehe mich zu den beiden Handlangern um, packe ihre Kehlen und jage Höllenfeuer durch ihre Körper. Urushak sieht zwar, was gerade geschieht und will verschwinden, doch er schafft es nicht rechtzeitig und ich bekomme ihn an der Schulter zu fassen.

Ohne lange zu zögern, knalle ich ihm meine Faust ins Gesicht. „Dash!", ruft er erstaunt. „Na, hast du mich vermisst, Arschloch?", frage ich, während meine Tarnung sich auflöst. Schwarzes Blut schießt aus Urushaks Nase. „Nicht eine Sekunde!", zischt er spuckend und macht Anstalten sich zu verdünnisieren.

Das verhindere ich. Blitzschnell schließen sich Dämonenschellen um seine Handgelenke. „Hiergeblieben.", knurre ich. „Für wie dumm hältst du mich! Ich gehe nicht zurück in dieses kalte Loch!", ruft Urushak, macht tatsächlich auf dem Absatz kehrt und läuft davon!

Wenn ich mir die Zeit nehmen könnte, diese Situation von außen zu betrachten, würde ich schallend lachen, denn dieser müde Versuch lohnt sich wirklich nicht und ist völlig unter der Würde eines Dämons.

„Du gehst zurück! Unumstößlicher Befehl vom Boss.", brumme ich, dematerialisiere mich und erreiche noch vor Urushak die Tür. Dort ducke ich mich unter seiner viel zu langsamen Rechten weg, greife danach, verdrehe ihm den Arm im Rücken und eine Dämonenklinge materialisiert sich in meiner Hand.

„Lass mich gehen!", keucht er verzweifelt, als ich ihm die Klinge an die Kehle setze. „Keinesfalls! Du hast Glück, dass Luc dich persönlich bestrafen will, sonst würde ich deine liederliche und dreckige Seele für immer in die Leere werfen!", fluche ich. „Hilfe! HILFE!", schreit der Abschaum in meinen Händen tatsächlich, bevor ich es verhindern kann.

Als die Tür zum Nachbarzimmer auffliegt, gurgelt er nur noch, weil ich seine verdammte Kehle aufgeschlitzt habe. „Bestell dem Boss schöne Grüße von mir.", brumme ich, bevor ich ihn von mir stoße. Ich sehe Hazel, die mich mit großen Augen anstarrt, Abschaum, der auf mich losstürzt, einen Wichser, der auf die Bühne springt und auch wenn mir klar war, dass wir uns unseren Weg hier rauskämpfen müssen, hatte ich doch gehofft, dass es uns erspart bleibt.

„Nimm deine dreckigen Finger von mir!", höre ich meine kleine Hexe empört rufen, als sich zwei Idioten gleichzeitig auf mich stürzen. Es geht schnell für sie, es sind nur Menschen. Als ich wieder zu der Bühne sehe ist Hazel verschwunden, ihr beschleunigter Herzschlag verrät mir, dass sie flieht, aber lebt.

Eine Faust trifft mich hart in die Seite. Sie gehört zu dem Trottel, der als nächstes stirbt. Stück für Stück kämpfe ich mich wieder zurück in den Raum mit der Bühne. Die klügeren Idioten, menschlich wie dämonisch, sind geflohen, von den Nutten fehlt auch jede Spur. Abschaum stürzt mir nach, um den ich mich kümmern muss und das tue ich gerne.

Ich mag einen guten Kampf. Ich mag es von meinen Kräften Gebrauch zu machen und das tue ich. Einrichtung wirbelt umher, wegen des kleinen Sturms, den ich ein paar niederen Dämonen einen Flur hinterher jage. Er nimmt sie in sich auf und lässt sie direkt zur Hölle fahren.

Noch bevor ich nach meiner kleinen Hexe sehen kann, werde ich von zwei dämonischen Haudegen angegriffen. Sie versuchen sich an einem Kräftemessen. Bälle aus purer Energie rasen auf mich zu. Ich weiche den fiesen Dingern aus und richte meine Arme nach vorne.

Höllenfeuer trifft die beiden Idioten und bringt sie zum Schreien und Vergehen. „Noch jemand ohne Fahrkarte nach unten?", schreie ich auffordernd und weiteres niederes Geschmeiß fühlt sich dazu animiert auf mich loszugehen.

Einen von ihnen erkenne ich wieder. „Dash! Das du dich nochmal in unsere Nähe traust!", raunt der Angeber und versetzt mir eine dämonische Schockwelle, die mich fast ausknockt. „Bin kein Feigling.", grinse ich und fange den nächsten Stoß mit Leichtigkeit ab.

Der Kerl hat mich in Urushaks Falle mit einem glühenden Eisen bearbeitet. Diesen Service werde ich ihm jetzt gerne rückvergüten. Ein Stab aus Eisen erscheint in meiner Hand, weiß glüht die Spitze auf, bevor ich sie dem Dämon mit Schwung in den Leib ramme.

Dann kehrt Stille ein und nichts regt sich mehr. Also schließe ich kurz die Augen und fühle Hazels Herzschlag nach.

Es ist vollbracht, um hier Lucs Dad mal zu zitieren. Urushak ist wieder in der Hölle, die Seele meines Sohnes ist mir sicher und jetzt – und jetzt wird mein Herz unendlich schwer, denn jetzt werde ich die kleine Hexe nach Hause bringen. Sofort. Denn wenn ich es jetzt nicht tue, dann werde ich es nie wieder tun.

Es ist Zeit nach vorne zu sehen. Vielleicht organisiert Moloch ja eines seiner kleinen Gelage zur Feier des Quartalsabschlusses. Bei der Gelegenheit werde ich mich an diversen Hexen vergehen und schon bald werde ich Hazel vergessen haben. Dann kann ich mich dem nächsten Abenteuer widmen und dem nächsten und dem danach. Spätestens wenn ich ihren Herzschlag nicht mehr fühle, weil ihre Seele diese Welt verlässt, werde ich sie vergessen. Ganz sicher. Wie lange kann das schon dauern? Vierzig oder fünfzig Jahre? Das ist doch nichts, oder?

Hazel wird ein menschliches, gutes Leben haben. Vielleicht mit einem Mann, der liebevoll zu ihr ist. Nein, keinem Mann, den Gedanken hasse ich. Einer Katze. Ein gutes menschliches Leben mit einer Katze an ihrer Seite und dann sind wir alle zufrieden.

Es dauert nicht lange, bis ich sie gefunden habe. Ich folge dem stetigen Pochen in mir einen Arkadengang hinunter und finde sie schließlich zusammengekauert in einem Wandschrank. „Dash!", keucht sie, als sie mich erkennt. „Was dachtest du denn wer hier auftaucht?"

„Einer der Idioten ist mir gefolgt. Er ist auf einer Bananenschale ausgerutscht, die wohl aus einem Mülleimer gefallen ist, den ich umgerannt habe und irgendwie war ich mir nicht sicher, ob er aufgegeben hat.", brabbelt sie nervös drauf los, als ich ihr auf die Beine helfe. „Wo sind deine Schuhe?", frage ich, als ich ihre bloßen Füße erkenne.

„Bist du schon mal auf Highheels davongelaufen? Keine Ahnung, hab sie von den Füßen geschleudert.", erklärt sie mir, als ich sie auf meine Arme hebe. Kashkak, sie duftet so gut. „Lass uns von hier verschwinden, kleine Hexe.", brumme ich. „Hast du den Job erledigt?" „Jap." „Oh. Ok. Und bist du verletzt?" „Es geht. Ich hatte jede Menge Leid und Seelen.", antworte ich und spanne meine Flügel. „Fliegen geht jedenfalls.", grinse ich dann.

„Du willst mich jetzt sofort nach New York fliegen?" „So wie ich es dir versprochen habe.", nicke ich. „Aber..." „Hör auf das Unvermeidliche hinauszuzögern, kleine Hexe.", unterbreche ich sie sanft und presse meine Lippen auf ihren Scheitel. „Und jetzt solltest du ein wenig schlafen.", brumme ich, bevor ich ihr warme Klamotten an den Leib schnippe.

„Nein, Dash, bitte, ich will nicht schlafen." „Wie du wünschst, kleine Hexe.", antworte ich ihr und katapultiere uns in die Luft, gebe ihr noch ein paar Minuten, in denen sie meinen Anblick in sich aufnimmt, bevor ich Schlummer über sie lege.

„Ja?", höre ich das Orakel verschlafen aus dem inneren seiner Wohnung. „Dash hier." Es folgt ein Rumsen, ein Fluch, dann wird die Tür geöffnet. „Dash?" „Das sagte ich, oder? Siehst scheiße aus.", brumme ich. Das Orakel schnaubt und sieht mich frustriert an. „Hallo? Es ist halb vier in der Früh, du hast mich gerade aus dem Bett geholt. Wie siehst du da aus?"

Meinem stummen Grinsen folgt ein weiteres Schnauben. „Was willst du hier?" „Ich habe Hazel nach Hause gebracht. Kümmere dich um sie.", verlange ich knapp. „Wo ist sie?" „In ihrem Bett. Sie schläft." „Und warum, du Sexgott, bist du nicht bei ihr?" Mein Blick wird ernst. „Ah, du hast einen Job und musst los. Wann kommst du zurück?", fragt er dann.

„Nie wieder.", brumme ich. „Hallo? Bist du wahnsinnig? Sie ist doch eine echte Granate – also menschlich gesehen." „Ich habe ihr die Erinnerungen an die letzten Tage genommen, sie denkt, sie hatte eine Grippe mit hohem Fieber. Das ist auch das, was der Besitzer der Burlesque Bar, in der sie arbeitet, weiß.", nicke ich knapp und will gehen. „Dash! Jetzt warte doch mal! Das kannst du doch nicht – ich dachte, du liebst sie!", zischt das Orakel.

Meine Brust zieht sich schmerzlich zusammen. „Achte auf sie, Mario. Sie soll ein gesundes und langes Leben haben. Eine Katze. Vielleicht einen Hund. Verstanden?" „Das ist Blödsinn, Dash. Das kannst du doch nicht einfach ignorieren und davonlaufen." „Man nennt es auch den Dash – Effekt.", antworte ich süffisant, aber es klingt bitter. „Du weißt, dass deine Magie vielleicht nichts bringt, wenn sie dich auch liebt! Du hast vielleicht ein paar Tage…"

„Bei meiner Macht unwahrscheinlich, aber sollte es so sein: hilf ihr über mich hinwegzukommen." „Dash, das wird nicht gut gehen." „Setze deine Fähigkeiten anderweitig ein und jetzt entschuldige mich.", brumme ich knapp und verschwinde aus New York, den stetigen Herzschlag meiner kleinen Hexe tief eingeschlossen in meinem Inneren.

Hazel

Ich bin so froh, dass ich diese miese Grippe überstanden habe. Mir fehlen ganze Erinnerungsabschnitte und Zeitspannen. Es muss grässlich gewesen sein. Mario meinte, dass das bei dem Fieber, dass ich hatte, völlig normal ist. Das hat ihm der Doc versichert, der da war, um nach mir zu sehen.

Weder weiß ich, wie ich krank wurde noch, dass ich es war. Ich habe mich auch nicht schwach gefühlt danach und konnte, Gott sei Dank, meinem Job direkt wieder nachgehen. Aber dass ich fast zwei Wochen ans Bett gefesselt war, erinnere ich mich nicht. Ich weiß nur, dass ich aufgewacht bin und mich gut gefühlt habe. Gut und - einsam.

Da das bei Single Frauen in New York Normalzustand ist, habe ich zuerst nichts draufgegeben, aber es wurde nicht wie sonst mal besser, mal schlechter. Ich fühle mich wie ein halber Mensch. Ich mache Fehler, bin tollpatschiger als je zuvor und ständig schweifen meine Gedanken ins - Nichts.

So geht das jetzt seit Wochen. Es ist sogar so schlimm, dass Mario mich mittlerweile fast jeden Abend begleitet. Gut, manchmal bringt er mich nur, muss dann dringend telefonieren und verschwindet dann. Nicht immer taucht er danach wieder auf, um mich abzuholen.

Schätze, er hat da wen Neuen, über den er noch nicht reden will. Der Glückliche, wenigstens hat er jemanden gefunden. Und ich? Ich sitze immer noch hier am Klavier und begleite die sexy Ladies oben auf der Bühne und frage mich, ob ich auch so tanzen könnte. Ob ich auch die Männer anheizen würde und denke mir dann, was es mir bringen würde, da ich ja nach Jimmy, dem Arschloch, ohnehin nie wieder mit einem Mann Sex haben werde.

Heute muss ich allein nach Hause. Nicht, weil Mario sich verdrückt hat, sondern weil er einen offiziellen Geschäftstermin hat. Er hat sich tausendfach entschuldigt, aber die Kundin wollte ihr neues Apartment unbedingt noch abends begutachten, bevor sie den Kaufvertrag unterzeichnet und daher konnte er schlecht absagen.

Ich habe ihm versichert, dass das überhaupt kein Problem ist, schließlich gehe ich ja öfter allein nach Hause, dennoch habe ich das Gefühl beobachtet zu werden, als ich mich auf den Weg mache. Das Gefühl verschwindet auch nicht, nachdem ich einen Boxenstopp bei meiner Lieblings – Sandwichbude einlegt habe.

Also laufe ich schneller. Verfalle in einen leichten Trab, als ich um die nächste Ecke biege und sprinte schließlich zu meinem Hauseingang. Mein Herz pocht panisch und ich weiß, dass ich mich sicher total lächerlich verhalte. Trotzdem fingere ich schnell die Schlüssel aus meiner Tasche und bin froh, als ich endlich meine Wohnungstür sehe.

Dann sehe ich ihn. Jimmy, meinen Ex, der sturzbetrunken um die Ecke meines Flurs auf mich zu kommt. „Hazel, du feige Schlampe! Hab ich dich endlich gefunden!", ranzt er mich an und stakst auf mich zu. So ein Mist! Fünf Jahre habe ich es geschafft mich vor ihm zu verstecken.

„Verschwinde, Jimmy, du hast hier nichts verloren.", schnappe ich und schaffe es endlich die Tür zu meinem Appartement zu öffnen, aber leider schaffe ich es nicht sie auch wieder zuzumachen, bevor mein Ex bei mir ist. „So einfach wirst du mich nicht los!", lallt er mir mit einer Duftwolke nach Pisse und Schnaps entgegen.

Meine Knie schlottern so sehr, dass ich es kaum schaffe zurück zu weichen. Jimmy, das Arschloch hat mich gefunden. Mein Vergewaltiger wirft die Tür hinter sich zu. „Verschwinde, Jimmy! Lass mich in Ruhe!", schreie ich ängstlich. Mario! Er muss mir helfen! Vielleicht kann ich ihm unbemerkt eine Nachricht schicken, vielleicht ist er schon wieder zu Hause?!

„Schnauze, Schlampe. Du bist meine Verlobte!", schnappt Jimmy und kommt auf mich zu. „Wir sind schon seit Jahren nicht mehr verlobt!", rufe ich zittrig. „Das sehen wir gleich!", droht er mir. „Wenn du mich anfasst schreie ich!", keuche ich hysterisch, obwohl ich weiß, dass er viel, viel kräftiger ist als ich. „Nach wem willst du rufen? Deinem Lover? HAST DU EINEN NEUEN?", brüllt Jimmy außer sich, fasst nach meinem Oberarm und reißt mich in seine widerwärtige Dunstwolke.

„HAST DU?", schnauzt er mich an, schüttelt mich und versetzt mir eine schallende Ohrfeige. „Nein, nein, natürlich nicht.", jammere ich außer mir und mache mich klein. Tränen schießen aus meinen Augen. „Na also. Dann ist also keiner da, um mich davon abzuhalten, deiner heißen Muschi das zu geben, was sie verdient!", sagt er. „NEIN! NEIN!", schreie ich verzweifelt.

Wieder fühle ich einen Schlag und dann, wie er mich auf den Boden wirft und mir folgt. „Nein! Mario! MARIO!", schreie ich hysterisch und versuche von ihm wegzukriechen, doch auch wenn Jimmy betrunken ist, habe ich keine Chance.

„Du bleibst hier!"; ruft er und reißt mir den Rock hoch. „Nein! Bitte, Jimmy! Nein!", rufe ich verzweifelt, als ich höre, wie er seinen Hosenstall öffnet und winde mich unter ihm, als er mich kurz darauf mit seinem vollen Gewicht auf den Boden drückt. Ich fühle seine dreckigen Finger, die unangenehm in meine trockene Pussy stoßen und schreie gequält auf.

„Du sollst still sein, Schlampe!", zischt mir Jimmy ins Ohr, sein alkoholschwerer Sabber landet auf meiner Wange und alles in mir krampft sich schmerzvoll zusammen, als er meine Haare packt und meinen Kopf auf den Boden schlägt.

„Hilfe! Warum hilft mir denn keiner!", schluchze ich gegen den Teppichboden, als er mit seinen Knien meine Beine auseinanderdrückt. „Du gehörst mir, Hazel!", verspricht er mir und packt mich im Genick.

„Du überschätzt deine Kompetenz, Mensch, die kleine Hexe gehört mir!", höre ich plötzlich eine tiefe Männerstimme sagen, dann ist Jimmy nicht mehr über mir. Ich höre seinen langgezogenen Schrei gefolgt von einem lauten Krachen.

Erschrocken blicke ich mich um. Ich sehe Jimmy, der bewusstlos in meinem Bücherregal liegt und einen ziemlich gutaussehenden Hünen mit stechend blauen Augen. Eisaugen. Ein Blitzen zuckt durch meinen Kopf. „Du!?", sage ich, weil ich das Gefühl habe ihn zu kennen. Bilder durchfluten mich. Ein Loch in der Zimmerdecke, ein Keller, schwarze Flügel, ein nobles Blockhaus, ein Restaurant in Italien, eine Teestube in Algier, Sex.

Erinnerungen und Gefühle fluten mein Bewusstsein und mein Mund trocknet aus. „Dash.", hauche ich leise. „Wenn es dein Wunsch ist, werde ich diesem Subjekt jetzt und hier das Genick brechen.", brummt er und geht neben mir in die Hocke. Tränen kullern aus meinen Augen. Erschüttert mustere ich meinen Dämon und versuche zu begreifen, was geschehen ist. „Dash.", wiederhole ich, weil viel zu viel auf mich einstürzt.

Seine starken Arme umfangen mich und ziehen mich an ihn. „Ganz ruhig, kleine Hexe. Ich bin hier. Ich bin da.", höre ich ihn brummen, atme seinen Duft ein, genieße seine Wärme und weiß endlich, was ich in den letzten Wochen vermisst habe. Ihn!

„Was ist hier los? Wo warst du? Ich – ich konnte mich nicht mal mehr an dich erinnern.", schluchze ich hilflos. „Es tut mir leid, kleine Hexe. Das alles tut mir so leid.", raunt er und ich fühle seine Lippen auf meinem Scheitel, seine Hände, die beruhigend meinen Rücken streichen.

„Du hast wohl kaum meinen Ex auf mich losgehetzt.", schniefe ich. „Nein, aber ich musste dir die Erinnerungen nehmen." „Du musstest – was? Das alles ist deine Schuld?", keuche ich ungläubig und drücke mich von ihm weg.

„Das mit deinen Erinnerungen. Jap. Mein Boss hat von mir verlangt, dass ich dir die Erinnerungen nehme, kleine Hexe, und dem Teufel widerspricht man nicht.", erklärt er mir sanft und streichelt zärtlich meine Wange und auch wenn ich gerade sauer auf ihn sein sollte, schmiege ich mich in die Berührung. „Ich habe dich vermisst ohne es zu wissen.", murmle ich.

Ein Stöhnen aus meinem zerstörten Bücherregal unterbricht uns. „Entschuldige mich kurz, ich werde ihn umbringen." „Dash, er ist ein Mensch.", erinnere ich ihn halbherzig. „Und du denkst, dass das für mich einen Unterschied macht?", grollt Dash arrogant und mein Herz macht einen verliebten Satz.

„Hazel! Hazel! Lieber Himmel, geht's dir – Dash - du bist hier und du hast ihren Ex umgebracht. Naja, verdient hat es das Arschloch, wenn ihr mich fragt. Na jedenfalls gut, dass du hier bist, ich habe nämlich keine Ausrede dafür, dass ich plötzlich hier bin.", stürmt Mario in meine Bude und kratzt sich zunehmend verlegen am Kopf. „Jimmy lebt.", sage ich. „Noch.", ergänzt Dash.

„Ok?", sagt Mario zweifelnd, „Und wenn ihr das entschieden habt? Willst du Hazel wieder die Erinnerungen nehmen und verschwinden?", fragt Mario bissig und, wenn ich ehrlich bin, spricht er mir damit aus der Seele. „Orakel, ich habe dir inzwischen mehrfach…" „Mehrfach?", unterbreche ich Dash sofort.

„Ihr seid die ganze Zeit in Kontakt gewesen? Ich dachte ihr zwei könnt euch nicht besonders leiden.", keuche ich ungläubig, obwohl mich das nicht wundern sollte, denn irgendwie sind die beiden ja sowas wie Arbeitskollegen. „Die Dämonen haben dich nicht mehr in Ruhe gelassen nachdem ich dich zurückgebracht hatte.", erklärt Dash. „Also habe ich Dash jedes Mal gerufen, wenn es dünn wurde.", setzt Mario hinzu.

„Du hattest also gar keine Dates?", schnaube ich meinen Nachbarn an. „Und du! Du mieser arroganter Dämon! Warum bist du nicht früher hier aufgetaucht? Ich dachte, dass du und ich vielleicht doch…" „Du weißt, dass ich dir gesagt habe, dass ich das nicht kann, kleine Hexe.", unterbricht er mich.

„Zwölf Angriffe in den letzten sechs Wochen. Du könntest dir hier im Haus eine Wohnung nehmen.", flötet Mario beiläufig und Dash knurrt bedrohlich. „Hallo? Du bist öfter in New York als zu Hause, würde ich wetten." „Du bist mir keine Hilfe, Orakel!", raunt er düster und mein Magen zieht sich zusammen. „Dann sei endlich ehrlich, du Feigling.", mault Mario.

„Du überstrapazierst meine Nerven.", faucht Dash. Jimmy regt sich erneut. Dash schnippt mit den Fingern und er ist verschwunden. „Wo hast du ihn hingeschickt?", frage ich alarmiert. „Er schläft heute Nacht draußen.", brummt Dash knapp und mustert mich intensiv.

„Also? Was passiert jetzt?", frage ich und bereite meine Gegenargumentation bereits vor, weil ich Dash auf keinen Fall ein weiteres Mal verlieren will. „Willst du mich noch, kleine Hexe.", brummt er dann plötzlich. „Falls du hungrig bist, hier im Haus…", setze ich an, aber Dash unterbricht mich mit dem strengen Schnalzen seiner Zunge.

„Ja, Dash. Ich will bei dir sein.", wiederhole ich die Worte, die ich schon in dem Blockhaus zu ihm gesagt habe." „Was hast du vor, Dash?", höre ich Mario zweifelnd fragen. „Öffne das Portal.", verlangt er von meinem Nachbarn. „Wohin?" „Du weißt wohin." „Nein, keinesfalls. Das mache ich nicht." „Mario! Öffne das verfluchte Portal!" „Du bist doch nicht bei Sinnen, du kannst doch nicht mit einem Menschen…"

Dashs Handbewegung bringt Mario zum Schweigen. „Na gut, bitte sehr.", seufzt er dann und schnippt mit den Fingern und ein grauer Wirbel entsteht in meinem Wohnzimmer, „Aber sag nachher nicht, dass ich dich nicht gewarnt habe." „Musst du gar nicht, du begleitest uns.", nickt Dash entschieden, entlässt mich aus seiner Umarmung und greift meine Hand.

„Was? Nein! Sicher nicht. Das ist nichts für mich ich habe in der Hölle nichts verloren!", höre ich Mario zetern, als Dash bereits einen Schritt mit mir nach vorne macht und wir in den Wirbel gezogen werden. Hölle? Hat Mario gerade *Hölle* gesagt?

Dash

De facto gab es in den vergangenen Wochen nicht eine Sekunde, in der ich nicht an meine kleine Hexe gedacht habe, in der ich es geschafft hätte ihren vermaledeiten Herzschlag in mir zu ignorieren. Nicht mal Sex konnte ich haben, um mich ordentlich zu nähren und meine Leid und Seelen – Diät macht meine Laune unerträglich.

Und sie ständig zu sehen, sie zu überwachen ohne, dass ich sie berühren konnte, an mich ziehen konnte, nehmen konnte wurden zu einer abartigen zermürbenden Qual. Mir hätte klar sein müssen, dass die Dämonen sie nicht zufrieden lassen werden, zu schnell hatte es die Runde gemacht, dass ich Begleitung hatte und langsam wurde es lästig. Es nahm überhand und ich würde Luzifer um das bitten müssen, was mein Herz so verzweifelt begehrte: Sie.

Während Mario uns immer noch zeternd durch die dunklen Gänge der Vorhölle folgt, drückt sich meine kleine Hexe dichter an mich. „Ganz ruhig. Niemand wird es wagen dir hier etwas zu tun, du bist bei mir in Sicherheit."

„Es ist wirklich kalt hier unten.", wispert sie und beäugt das hohe Gewölbe skeptisch. „Das kann ich ändern.", grinse ich und schnippe ihr höllentaugliche Klamotten an den Leib. „Was passiert jetzt?"; fragt sie und zieht den dicken Winterparka fester um sich zusammen. „Wir müssen zum Boss." „Was?", keucht sie. „Was dachtest du denn, wohin er will? Einen Kinokomplex gibt es hier unten nicht.", motzt Mario.

„Hör auf dich zu beschweren, Orakel. Du hast mich einen Feigling genannt, trage die Konsequenzen.", grinse ich süffisant und öffne ohne zu zögern das Tor zum Audienzsaal. Es ist nicht viel los und es dauert auch nur Sekunden, bis Lucs Augen zu uns zucken. „Meine Güte! Das ist der, der…Teufel.", flüstert Hazel neben mir erschüttert und verspannt sich. „Er mag es nicht, wenn man ihn so nennt.", raunt Mario.

„Alle sofort raus hier!", befiehlt Luc zischend und fixiert mich mit seinem Blick. Natürlich ist ihm sofort klar, dass mich ein lebendiger Mensch begleitet und allein schon das ist ein kleiner Affront, aber wenn man etwas wirklich will, dann muss man eben aufs Ganze gehen und weil ich die kleine Hexe wirklich will, muss ich das jetzt auch tun.

Während die Speichellecker und anderen Dämonen verschwinden, greife ich Hazels Hand etwas fester und nehme sie mit mir nach vorne. „Luc.", nicke ich knapp. Sein Blick gleitet von mir zu Mario, zu meiner kleinen Hexe und wieder zu mir. „Dash? Hast du den Verstand verloren? Du bringst einen lebendigen Menschen hierher?"

„Sie ist der Mensch, der mir geholfen hat Urushak zu fassen." „Na und? Sagtest du nicht, dass sie Mut, Ehre und Güte besitzt?" „Jap, so ist es." „Und was, bei meinem Vater, hat sie dann HIER verloren?" „Sie braucht Schutz.", brumme ich knapp. „Ja? Und? Ich pflege keine Kontakte zu Schutzengeln. Also: bring seine Schöpfung wieder nach Hause. SOFORT!", sagt Luc weiter.

„Nein.", antworte ich knapp. „Nein? Dash, du weißt, dass ich es nicht leiden kann, wenn man nicht tut, was ich anordne." „Ja, Luc." „Und trotzdem brichst du die Regeln?" „Ich möchte mich an sie binden.", erwidere ich ruhig und Hazels Augen zucken zu mir. „Du – was?" „Ich möchte mich an sie binden.", wiederhole ich fest und halte Lucs Blick stand.

„Sie ist nur ein Mensch!" „Na und?" „Sie ist Teil seiner Schöpfung! Das ist unüblich. Das verbiete ich. Keinesfalls wirst du dich an sie binden.", zischt er. „Oh doch, Luc. Wenn du es nicht erlaubst, dann werde ich eben gehen.", widerspreche ich ihm. „Dann finde ich dich und verbanne dich zu den Gorgonen.", faucht Luc sauer. „Wenn du denkst, dass das die richtige Entscheidung ist.", antworte ich ruhig.

„Was? Nein!", ruft Hazel erschrocken, aber ich streichle beruhigend über die Knöchel ihrer Hand. „Sag dem

Menschen, dass mich ihre Meinung nicht interessiert und dass sie mich nicht ansprechen soll." „Ich heiße Hazel!", sagt sie fest und tritt neben mich. „Sprich den Herrscher nicht an.", zischt Mario leise und zieht damit, sehr zu seinem persönlichem Missfallen, Lucs Aufmerksamkeit direkt auf sich.

„Warum ist das Orakel eigentlich hier?", fragt mich Luc und wendet sich dann direkt an ihn, „Bist du nicht daran schuld, dass Dash mich auf Urushaks Seele hat warten lassen?" „Also ich weiß nicht ob man das so sagen kann. Ich würde es eher als dummen Zufall bezeichnen, euer Hoheit.", versucht Mario sich herauszureden.

Könnte klappen, würde er nicht Luzifer persönlich gegenüberstehen. „Ein Zufall, der mich beinahe mein Umsatzziel des letzten Quartals gekostet hätte! Was hält mich davon ab, dich nicht EINFACH AUFZULÖSEN?", donnert Luc. Mario macht sich erschrocken klein.

„Hey, das ist nicht fair! Fehler passieren und immerhin hat Dash ihnen eine Menge Dämonen gebracht!", verteidigt Hazel das Orakel aufgebraucht und Luc mustert sie einen Wimpernschlag. „Impertinent!", fährt er mich dann an, aber Hazel macht einen Schritt auf ihn zu. „Das ist nur eine meiner positiven Eigenschaften.", brummt sie und es geschieht das unglaubliche.

Luzifer richtet sein Wort an meine kleine Hexe. „Du solltest besser aufpassen, wie du dich in meiner Gegenwart verhältst. Ich bin der Herrscher der Hölle. Du bist in meinem Reich, ich kann machen mit dir, was immer mir beliebt, Mensch!", knurrt er bedrohlich, doch das imponiert ihr kein bisschen. „Ich heiße Hazel und ich habe Dash geholfen. Das muss doch irgendwas zählen?", erklärt sie ein bisschen verzweifelt und vorsorglich ziehe ich den Kopf etwas ein.

„DU HAST SIE HELFEN LASSEN?! EINEN MENSCHEN?!", herrscht er mich an. „Sie ist auch stur.", brumme ich. „Wohl eine weitere ihrer positiven Eigenschaften?", zischt Luc mich an und ich antworte mit einem leichten Grinsen. „Das ist wirklich unglaublich! Ich sollte von Azrael die Seele deines Sohnes sofort zurückfordern, Dash.", sagt er dann und krault nachdenklich die Armlehne seines Throns.

„Ich habe getan, was du verlangt hast. Der Deal steht.", antworte ich ruhig. „Weißt du was passiert, wenn er erfährt, was hier los ist?! Du wirst sie zurückbringen und ihre Erinnerungen löschen. Sofort!", befiehlt Luc erneut. „Nein! Bitte nicht!", keucht Hazel. „Sie wird verfolgt.", bringe ich mein Argument erneut vor. „Dann erledige das.", verlangt Lucifer knapp.

„Es gab zwölf Angriffe in den letzten acht Wochen.", mault das Orakel leise, bevor ich antworten kann, „Und zweimal wäre Dash fast nicht rechtzeitig gewesen.", ergänzt er und ich verkneife mir meine Antwort, weil es der Situation dient. „Das ist doch Blödsinn. Das löst doch nicht das Problem.", murmelt auch Hazel.

Luc zieht eine Braue in die Höhe und man kann sehen, dass es ihm maßlos widerstrebt das Wort nochmals an sie zu richten. „Und was, Mensch, würde deiner Meinung nach das Problem lösen?.", fragt er dann milde und erinnert mich damit etwas an seinen Vater. „Na, dass Dash sich an mich bindet. Ich will bei ihm bleiben!", erklärt sie fest.

„Deine Seele gehört meinem Vater. Was glaubst du, was hier los ist, wenn er Wind davon bekommt, dass ich einem Gefallenen erlaubt habe, die Seele eines seiner wertvollen Geschöpfe an sich zu binden?", faucht er pissig. „Meine Seele gehört mir! Ich allein entscheide, was ich damit mache.", hält Hazel unnachgiebig dagegen und ich bin unendlich stolz auf sie.

„Einfältig, naiv und gutgläubig, so wie alle Menschen." „Und stur.", erwidert sie fest, streckt unglaublicher Weise ihr Kreuz stolz durch und mustert Luzifer - feindselig. „Und wenn ich Selbstmord begehe? Das ist doch eine Todsünde? Dann fahre ich doch zur Hölle?" „Das wirst du sicher nicht tun, hast du den Verstand verloren, kleine

Hexe.", brumme ich, als mir klar wird, was sie eben gesagt hat und drücke zärtlich ihre Hand in meiner.

„Sie könnte ihre Seele in Luzifers Dienst stellen.", murmelt Mario leise, aber nicht leise genug. „Was?", hakt meine kleine Hexe sofort nach. „Hallo? Immerhin hast du Dash geholfen. Du hast Dämonen mit Weihwasser verätzt...", setzt das Orakel an, macht eine auffordernde Geste in ihre Richtung.

„Genau. Ich kann mit Weihwasser umgehen, bin ein nützlicher Lockvogel und eine lernwillige Foltergehilfin.", nimmt sie mit Luzifer, dem Herrscher der Hölle persönlich, die Verhandlungen auf. „Ich kann Klavierspielen, gut das wird mir hier wahrscheinlich eher nicht helfen...", brabbelt sie weiter.

„Oh, unterschätze nicht den qualvollen Wert eines Bach Oratoriums.", nickt Luc beiläufig und dem Orakel und mir fällt die Kinnlade herunter. „Würdest du sagen, du besitzt Organisationstalent, kannst strukturiert in einer ungewohnten Umgebung unter Druck arbeiten?", hakt Luc nach und ich kann leider nicht absehen, wohin uns das jetzt führen wird.

„Bevor ich den Job in der Burlesque Bar angefangen habe, war ich freiwillige Bibliotheksangestellte in unserer Stadt - und Kirchenbibliothek.", nickt sie stolz und Luc schaut, als würde ihm ein Zahn gezogen. „Teamfähig?" „Auf jeden Fall, Mister.", sagt sie keck und der Herrscher der Hölle nickt. Er nickt bedächtig.

„Ich brauche eine Assistentin.", raunt er dann. „Davon habe ich gehört, ich nehme den Job.", grinst Hazel verbindlich. „Dann gibt es nur ein Problem. Deine Seele ist so rein wie frischgefallener Schnee und damit für mich völlig unbrauchbar.", brummt er. „Ihr könntet sie zu einer Hexe oder einem Dämon machen, euer Lordschaft.", nickt Mario.

Luc und auch ich mustern das Orakel wie ein lästiges Insekt. „Ich sagte gerade, dass sie rein wie Liliths Arsch ist.", knurrt Luc. „Aber Dash könnte sie...verführen." „Dash hat sie verführt. Gründlich.", stelle ich arrogant klar und das Herz meiner kleinen Hexe macht einen Satz. Wir werden den Zorn Gottes auf uns ziehen und ich bin bereit dazu.

„Nein. Zu auffällig.", grollt Luc knapp. „Ich habe einem Gläubigen seine Misbaha gestohlen? Wie ist das?", murmelt Hazel, „Und als Dash mich genommen hat, hab ich mich äußerst - wollüstig verhalten.", erwähnt sie dann und ihre Ohren werden rot. Luc schmälert die Augen und mustert sie länger. „Es ist - ein Anfang.", stöhnt er schließlich genervt und niemand weiß ob es ihn glücklich macht oder nicht.

Unheilvoll zucken seine mächtigen, goldenen Flügel, dann zupft ein leises Grinsen an seinen Mundwinkeln, denn schließlich ist er ein Rebell und vor seinem Vater klein bei zu geben, wenn es nicht unbedingt sein muss, ist eine heimliche Leidenschaft von ihm in die ich gerade jetzt all mein Vertrauen lege.

„Schön. Auf die Gefahr hin, dass er mir die Flügel ausreißt wird folgendes geschehen: Dash, du wirst dich an den Menschen binden. UNVERZÜGLICH! Sichere uns ihre Seele. Du und das Orakel werdet sie ausbilden und ihr beibringen, auf was es ankommt, danach - danach werde ich sie persönlich einarbeiten.", teilt er uns seine Entscheidung mit und jetzt fangen meine Flügel nervös an zu zucken.

„Mensch, du bist Dash ab sofort unterstellt. Du wirst tun, was er für notwendig erachtet. Und wenn du wieder das Bedürfnis hast gegen eine der bescheuerten Regeln meines Vater zu verstoßen: es würde der Sache dienen. Fühle dich also motiviert deinen niederen Bedürfnissen nachzugeben.", verkündet er weiter und Hazel nickt versichernd.

„Jawohl, ihre, eure – Teu…" „Nenn mich Luc, Hazel.", brummt er genervt und das Orakel keucht obszön. „Ok, Luc.", bestätigt meine kleine Hexe und grinst erst Mario, dann mich glücklich an, bevor sie Luc wieder ihre Aufmerksamkeit schenkt.

„Glückwunsch, du hast den Job, Hazel.", nickt er knapp, bevor er uns alle nochmals ins Visier nimmt, „Geht das schief oder er kommt dahinter, werde ich euch drei in die Hände Abbadons geben, damit er euch wieder und wieder jeden Knochen im Leib bricht. Bis in alle Ewigkeit! Haben das alle verstanden?", faucht er uns an und wir nicken synchron. „Und jetzt bringt sie hier weg!", keift er mich an, dann löst er sich in fauchendem Feuer auf.

Kashkak, er hat es erlaubt. Einen Moment stehe ich stumm da und fühle seiner Entscheidung nach. Fühle die grenzenlose Euphorie, die er damit in mir auslöst. Ich darf mich an meine kleine Hexe binden. Unverzüglich. Gleichzeitig macht es mich fertig, weil sie nicht den Hauch einer Ahnung hat, was sie erwarten wird und sie diese Entscheidung in meinen Augen nicht nur leichtfertig, sondern auch blind gefällt hat.

„Hattest ihn gut im Griff, Hazel, aber du hättest sicher noch was rauschlagen können.", sagt Mario, weil ich es nicht schaffe irgendwas zu sagen, aber ich knurre vorsorglich. „Hallo? Willst du etwa behaupten, dass ich unrecht habe, Dash?", flötet er auffordernd und stemmt die Hände in die Hüften.

„Hör' auf ihr Flausen in den Kopf zu setzen. Das ist alles schon schlimm genug für sie. Du findest doch allein nach Hause?", sage ich knapp, nehme Hazel ohne Umschweife in meine Arme und spanne meine Schwingen. „Was? Ich bekomme keine Führung?", grinst Hazel zufrieden und ich versinke in dem schillerndem Grün ihrer Augen.

„Du hast den Boss gehört.", brumme ich knapp und katapultiere uns nach oben.

Hazel

Ich habe dem Teufel ins Antlitz geblickt und erreicht, was ich wollte. Naja, irgendwie zumindest, denn was auf mich zukommt, wenn ich Luzifers persönliche Assistentin bin, kann ich nicht abschätzen, aber mit Mario und vor allem Dash an meiner Seite bin ich zuversichtlich, dass ich die neue Aufgabe meistern werde.

Ich fühle mich unglaublich großartig. Es war in der Hölle nicht so furchteinflößend wie ich dachte und so schrecklich, wie ich mir Luzifer vorgestellt habe, sieht er gar nicht aus. Jedenfalls ist er die beeindruckendste Persönlichkeit, der ich in meinem ganzen Leben begegnet bin und wohl auch begegnen werde und ich bin mir ziemlich sicher, dass das nicht nur an den mächtigen, goldenen Schwingen lag, die er hat oder dem engelhaften weichem Gesicht unter dem ordentlich geschnittenen blonden Haarschopf.

Wir durchfliegen undurchdringliche Dunkelheit, dann wird es heller um uns und schließlich schießen wir dem Blau des klaren Himmels entgegen. Verliebt drücke ich meinen Kopf an Dashs Brust und genieße es mit ihm zu fliegen, genieße seinen eigenen, männlichen Geruch und seine starken Arme, die mich sicher halten.

Wir fliegen nicht nach New York. Wir durchbrechen die Wolken und ich weiß, wohin Dash uns bringt. Nach Hause. In den Schwarzwald. Sicher landet er mit mir auf dem Boden vor dem Haus, nimmt mich mit sich und schmeißt die Tür hinter uns ins Schloss.

Dann lässt er von mir ab und mustert mich streng und ich gebe gerne zu, dass ich seinen stechenden Blick vermisst habe. „Dir ist klar, dass du gerade etwas sehr Dummes getan hast?", brummt er leise und das überrascht mich jetzt schon, denn ich dachte, er will es auch. „Schätze, es kommt auf den Blickwinkel an.", schnaube ich leise und erwidere seinen Eisblick.

„Das hier ist endgültig. Luzifer macht keine Scherze.", sagt er dunkel. „Das ist mir bewusst.", nicke ich und mein Herz pocht nervös in der Brust. „Ist es nicht! Du kannst nicht erfühlen, was *ewig* bedeutet.", zischt er rau. „Dann bist du unzufrieden mit deiner Wahl?", frage ich herausfordernd. „Nein! Ich bin unzufrieden mit *deiner* Wahl, kleine Hexe!", grollt er.

„Das ist nicht *mein* Problem!", brumme ich und runzle die Stirn. So hatte ich mir das nicht vorgestellt. Ich dachte, er will mich! „Du wirst die Assistentin des Teufels!", erinnert er mich. „Um bei dir zu sein hätte ich alles getan.", sage ich erstaunt. „Alles, kleine Hexe? Das ist keine gute Verhandlungsgrundlage.", brummt er arrogant.

„Ich wusste auch nicht, dass ich mit *dir* auch noch verhandeln muss.", maule ich unzufrieden. Warum ist er nicht glücklich? „Es geht hier nicht um Verhandlungen. Die sind abgeschlossen.", erklärt er mir. „Ach und worum geht es dann?", will ich wissen. „Dass du verrückt genug bist dich an mich zu binden, obwohl du weißt was ich bin." „Aber ich dachte, gerade weil es so ist willst du mich.", halte ich dagegen.

Er schluckt und kommt auf mich zu. Nein, er kommt nicht einfach auf mich zu, Dash kommt über mich, packt meine Oberarme und zieht mich an sich. „Ich will dich nicht nur, dumme kleine Hexe, ich werde dich nehmen, werde mich an dir nähren, wann immer es mir beliebt. Du bist *mein*. Ich werde dich mir unterwerfen, Hazel. Du gehörst mir bis ans Ende der Ewigkeit.", raunt er düster und mein Unterleib krampft sich vorfreudig zusammen, weil es genau das ist, was ich will.

„Das will ich doch schwer hoffen, nicht dass der ganze Sermon um meine Seele umsonst ist.", grinse ich sacht und ernte ein leises Schnauben. „Was ist dein Problem, Dash? Hast du mich nicht vermisst?", frage ich leise und seine Augen durchdringen mich.

„Es verging in den letzten Wochen keine Sekunde, in der ich nicht an dich gedacht habe, kleine Hexe. Du lenkst mich ab! Du bist allgegenwärtig.", gesteht er und ich bekomme eine Gänsehaut von seinen Worten. „Also, was wirst du jetzt mit mir machen, Dämon? Schließlich sollst du mich doch unverzüglich an dich binden.", frage ich mit einem herausfordernden Funkeln in den Augen, bevor ich mich von ihm losmache.

„Soll ich für dich - tanzen.", frage ich unschuldig und lasse meine Hüften in einem verführerischem Takt zucken. Dashs süffisanter Mund verzieht sich zu einem leichten Grinsen und sein Blick wird dunkler, als ich mir die Schuhe von den Füßen schleudere. „Was soll das werden, kleine Hexe?", brummt er.

„Ich will dich fühlen, Dash, ich habe dich vermisst.", antworte ich unschuldig, lege die Hände an meine Hosen und ziehe sie aus. Begierde steht in Dashs Augen, als ich mich wieder aufrichte meine Finger an die Knöpfe meiner Bluse lege. „Worauf wartest du, Dash? Benutze mich, nähre dich. Mach' deine Drohung wahr.", raune ich neckend.

„Kleine verführerische Hexe.", brummt er, als er meine Hand schnappt und mich zu sich zieht. Meine Finger graben sich in seine weichen Schwingen, während ich mit den Hüften über die deutliche Beule in seine Hose reibe. Mit einem Knurren presst er mich dichter an sich. „So viel Zurückhaltung kenn ich ja gar nicht von dir.", ziehe ich ihn weiter auf.

„Glaube mir, du wirst dir noch wünschen, dass ich mich zurückhalte, kleine Hexe.", raunt er bedrohlich, als ich sein Gefieder im nächsten Augenblick an meiner nackten Rückseite fühle, seine großen Hände, die ohne zu zögern meinen Hintern packen und mich auf seine Hüften heben und er endlich seine süffisanten Lippen auf meine legt, um mich zu küssen.

Wir teleportieren nicht. Er trägt mich durch das Blockhaus. Türen öffnen sich für uns und schließen sich. Ich bekomme es nicht mit, ich fühle nur, wie er mich wenig später auf die kühlen Laken seines Bettes legt und sich mit einem rauen Stoß in mir versenkt. „Ma' kissha!", stöhnt er knurrend. „Ma' kissho!", seufze ich zufrieden und gebe mich Dash hin.

Meinem Beschützer, meinem Dämon, meinem Engel mit den schwarzen Flügeln.

Epilog - Dash

Schon fast hundert Jahre sind vergangen und ich bereue es noch immer keine Sekunde mich an meine kleine Hexe gebunden zu haben. Ich liebe sie mit allem was ich bin und sie schafft es mich noch immer nach all den Jahren zu überraschen.

Meine anfängliche Sorge, sie könnte dem Job, den Luc ihr gegeben hat nicht meistern, hat sich vollkommen zerstreut. Hazel hat neben mir nicht nur die Administration der Hölle fest in ihren bezaubernden Händen, sondern auch Luc, der sie, öfter als mir lieb ist, zu Meetings und Terminen ruft. Aber gegen ihre offene und direkte Art ist anscheinend sogar der Teufel machtlos.

Als ihr Ex vor ca. dreißig Jahren hier unten eingecheckt hat, haben wir ihm natürlich einen gebührendem Empfang bereitet. Noch heute, wenn Hazel gelangweilt ist, schleicht sie manchmal zu seinem Kerker und ergötzt sich an seinem Leid. Sie weiß, dass ich das weiß und sie weiß auch, dass ich ihr Handeln verstehe.

„Nächste Woche habe ich Urlaub.", grinst sie und lehnt sich an mich. Wir sind in unserem Zuhause, im Schwarzwald und liegen noch immer faul im Bett. „Und was heißt das, kleine Hexe?" „Dass ich dich nach Guatemala begleiten könnte und diesmal vielleicht ohne gleich umkehren zu müssen, weil Luc mich braucht."

„Ein geradezu verheißungsvolles Angebot.", erwidere ich lächelnd und ziehe sie an mich. Atme ihren Duft und küsse sanft ihren Scheitel. „Und? Soll ich?" Als sie noch ein Höllenlehrling war, habe ich sie zu fast jedem Auftrag mitgenommen, doch als Luc sie dann in seinen Dienst stellte, haben sich unsere gemeinsamen Ausflüge leider reduziert. Seitdem nutzt sie jede Gelegenheit, die sich ihr bietet.

Sie hasst es von mir getrennt zu sein und ich hasse es, sie nicht in meiner Nähe zu haben. „Ich weiß nicht, kleine Hexe. Das wird nicht leicht.", necke ich sie. „Blödsinn. Du

brauchst mich, Dash." „Ach?", frage ich interessiert. „Jap."
„Und warum?" „Weil ich Belial gesagt habe, dass er mir die
Akte übergeben soll. Wenn du also dort in ein Hotel willst
oder sonst etwas an Unterlagen brauchst, dann würde ich
dir empfehlen, mich mitzunehmen.", grinst sie frech.

„Belial ist ein Rub'us'shuk.", brumme ich. „Rede nicht
so über ihn. So übel ist er gar nicht.", verteidigt Hazel ihn
halbherzig. „Um zu telefonieren nutzt er noch immer Mönche." „Na und? Er ist eben traditionell." „Traditionell? Dass
ich nicht lache. Handys sind traditionell. Mönche sind vor-
sintflutlich! Außerdem sind sie vom Aussterben bedroht.",
erkläre ich und lache leise.

„Komm schon, Dash. Ich brauche mal wieder ein Abenteuer." „Das letzte liegt gerade mal ein paar Wochen zurück." „Eben! Und das ist viel zu lange.", quengelt sie. „Na
gut, kleine Hexe. Dann werde ich dich mitnehmen." „Yes!",
freudig stößt sie ihre Faust in die Luft.

„Aber vorher sollte ich fit sein und meine Energiespeicher aufgefüllt. Was denkst du?", raune ich dann sanft und
schicke einen mentalen Impuls über ihren Körper, der sich
flirrend zu ihrem Becken bewegt und zwischen ihren perfekten Schenkeln verschwindet. Hazel seufzt leise, als der
Impuls ihren kleinen Lustknoten reizt und windet sich genüsslich in meinen Armen.

„Wenn das so ist, dann werde ich dich wohl vorher nähren müssen, Dämon. Was denkst du?", fragt sie seufzend
und legt ihre zarten Finger um meinen harten Schaft. „Ich
denke, dass ist sehr hilfsbereit von dir.", grinse ich und
nehme mir, was mein ist. „Ich liebe dich, Dash.", flüstert sie
an meinen Lippen. „Und ich liebe dich, kleine Hexe.", antworte ich. So wie ich es für immer tun werde. So wie ich es
in alle Ewigkeit tun werde.

Bis zum Ende der Zeit.

Personenregister

Dash	Kopfgeldjäger des Teufels
Hazel	Sterbliche Aushilfspianistin
Mario	Hazels Nachbar und ein Orakel
Luzifer	Herrscher der Hölle
Urushak	Entflohener Dämon
Belial	Verwaltungsdämon
Charybdis	Verwaltungsdämon
Arturo	Kontaktmensch in Rom
Girondelli	Hexer in Rom
Danibash	Lemure in Budapest
Jimy	Hazels Exfreund

Glossar

Caaim	ein Meter
Caimim	ein Zentimeter
Caimosh	ein Millimeter
Kashkak	Scheiße
Rub'us'shuk	Herabwürdigendes Schimpfwort
Kul'ush	Abschaum
Ma'kissha	Ewig der Deine
Ma'kissho	Ewig die Deine

Über die Autorin

Alexandra de Leeuw ist eine kreative Opern-
sängerin, mit bayrischen Wurzeln und Lebens-
mittelpunkt in Wien. Sie entwickelte schon früh
eine heimliche Leidenschaft für das Schreiben.
Als passionierter Nerd bewegt sie sich meistens
in den Genres *Fantasy* und *Dark Romance*, fühlt
sich allerdings auch in anderen Bereichen wohl.
Alexandra, kurz Alex, stößt ihre Protagonisten
mit rücksichtsloser Begeisterung ins Chaos und
fesselt ihre Leser mit Herz, Humor und Unge-
wissheit.

Schaut doch mal vorbei auf:

www.alexdoesbooks.com